ESCOLA DE MARIDOS

ESCOLA DE MULHERES

CRÍTICA DE ESCOLA DE MULHERES

Títulos originais:
L'École des Maris
L'École des Femmes
La Critique de L'École des Femmes

copyright © Editora Lafonte Ltda. 2022

Todos os direitos reservados.
Nenhuma parte deste livro pode ser reproduzida por quaisquer meios existentes sem autorização por escrito dos editores.

Direção Editorial Ethel Santaella

REALIZAÇÃO

GrandeUrsa Comunicação

Direção	Denise Gianoglio
Tradução	Escola de Maridos: Otavio Albano
	Escola de Mulheres: Lana Penna
	Crítica de Escola de Mulheres: Otavio Albano
Revisão	Escola de Maridos: Luciana Maria Sanches
	Escola de Mulheres: Denise Camargo
	Crítica de Escola de Mulheres: Luciana Maria Sanches
Ilustração de Capa	Arte com ilustrações de Thomas Rowlandson
Ilustrações de Miolo	Francois Boucher
Capa, Projeto Gráfico e Diagramação	Idée Arte e Comunicação

Dados Internacionais de Catalogação na Publicação (CIP)
(Câmara Brasileira do Livro, SP, Brasil)

```
Molière, 1622-1673
    Escola de maridos ; Escola de mulheres ; Crítica
de escola de mulheres / Molière ; tradução Otavio
Albano, Lana Penna. -- São Paulo : Lafonte, 2022.

    Título original: L'ecole des femmes ; L'ecole de
maris ; La critique de l'école des femmes
    ISBN 978-65-5870-273-3

    1. Teatro - Censura 2. Teatro francês I. Título.
II. Título: Escola de mulheres. III. Título: Crítica
de escola de mulheres.

22-108689                                    CDD-842
```

Índices para catálogo sistemático:

1. Teatro : Literatura francesa   842

Cibele Maria Dias - Bibliotecária - CRB-8/9427

Editora Lafonte

Av. Profª Ida Kolb, 551, Casa Verde, CEP 02518-000, São Paulo-SP, Brasil – Tel.: (+55) 11 3855-2100
Atendimento ao leitor (+55) 11 3855-2216 / 11 3855-2213 – atendimento@editoralafonte.com.br
Venda de livros avulsos (+55) 11 3855-2216 – vendas@editoralafonte.com.br
Venda de livros no atacado (+55) 11 3855-2275 – atacado@escala.com.br

ESCOLA DE MARIDOS

Tradução: Otavio Albano

ESCOLA DE MULHERES

Tradução: Lana Penna

CRÍTICA DE ESCOLA DE MULHERES

Tradução: Otavio Albano

Brasil, 2022

Lafonte

SUMÁRIO

ESCOLA DE MARIDOS
6

ESCOLA DE MULHERES
96

CRÍTICA DE ESCOLA DE MULHERES
222

ESCOLA DE MARIDOS

INTRODUÇÃO[1]

Comédia encenada pela primeira vez em 4 de junho de 1661, no Teatro do Palais-Royal, em Paris.

Molière está chegando aos 40 anos. Ainda ferido pelo fracasso sofrido por seu drama espanhol[2], ele está prestes a se casar com Armande Béjart, uma sedutora moça que ainda não completou 17 anos, e começa a pensar em uma nova obra.

Tudo o que se passa na vida dele favorece o espírito jovem e suas inclinações, com mais liberdade moral do que no passado e uma indulgência mais perceptível em relação às mulheres. Ele defenderá — indo contra a velha austeridade burguesa — a causa da nova corte, apaixonada por bailes, diversões e festas; rirá também dos vãos esforços da velha geração mal-humorada para domar a ardente adolescência e reprimir suas expansões libertárias.

Já Terêncio[3], na obra "Os Adelfos", havia defendido a mesma

---

1 Escrita por Philarète Chasles (1798-1873), crítico literário e jornalista francês, responsável pela publicação do conjunto das peças de Molière. (N. do T.)
2 Referência à peça *Dom Garcie de Navarre* ("O Príncipe Ciumento", no Brasil). (N. do T.)
3 Públio Terêncio Afro (?-159 a.C.) foi um dramaturgo e poeta romano, autor de pelo menos seis comédias que chegaram até nossos dias. (N. do T.)

tese, opondo dois irmãos: o primeiro, cuja indulgência benevolente tem sucesso em tudo que faz, e o segundo, cujas aflitas previsões e despotismo rude são facilmente frustrados. Depois dele, o autor dos *fabliaux*[4] da Idade Média, o mesmo que dará um caráter de elegante imoralidade aos "arquivos imortais das malícias do sexo", Boccaccio[5], mostrara uma jovem apaixonada por um adolescente — e vigiada por sua família — que manda um confessor intimá-lo a parar de persegui-la (algo que ele sequer iniciara), simplesmente para lhe dar a conhecer quem era seu preferido. Depois de Boccaccio, Lope de Vega[6], o verdadeiro criador do teatro espanhol no fim do século 16, apoderou-se da fórmula: incapaz de lançar aos palcos de seus país um padre tão pouco ortodoxo, ele muda a condição dos personagens — sua heroína, uma mulher intrépida, confessa o mesmo segredo, não ao confessor, e sim ao pai, de quem ela quer chamar a atenção. A obra medíocre de um dramaturgo da mesma nação, Moreto[7], dispõe a mesma situação de forma distinta, mas não mais moral. Finalmente, encontramos uma imitação francesa por Dorimond[8], *La Femme Industrieuse* ("A Mulher Trabalhadora"), encenada no Teatro Mademoiselle, no início do ano de 1661.

Nem *La Discreta Enamorada* ("A Apaixonada Prudente"), de Lope de Vega, nem *No Se Puede Guardar una Mujer* ("É Impossível

---

4 Um *fabliau* (*fabliaux*, no plural) é um conto cômico, escrito por bobos da corte no nordeste da França entre os séculos 12 e 15. É geralmente caracterizado pela obscenidade sexual e escatológica e por um conjunto de temas contrários à igreja e à nobreza. (N. do T.)

5 Giovanni Boccaccio (1313-1375) foi um poeta e crítico literário italiano, especializado na obra de Dante Alighieri. (N. do T.)

6 Félix Lope de Vega y Carpio (1562-1635) foi um dramaturgo e poeta espanhol. (N. do T.)

7 Agustín Moreto y Cabaña (1618-1669) foi um dramaturgo espanhol do século 17. (N. do T.)

8 Nicolas Drouin (1628-1693), conhecido como Dorimond, foi um dramaturgo francês cuja obra influenciou enormemente Molière. (N. do T.)

Manter uma Mulher"), de Moreto, são obras definitivas. Molière reúne esses elementos, concentra-os, agrupa-os e lhes dá uma forma sólida, uma personalidade apaixonada. No centro de sua obra — e tendo como alvo o ridículo — ele coloca um personagem do Antigo Regime, ou seja, do tempo do rei Henrique IV[9]: vestido como Sully,[10] com seu casaco largo e calças justas, professando uma grosseria livre tanto na linguagem como nas ações, carrancudo, rabugento, afrontoso, detestando os cumprimentos com um toque na aba do chapéu; fingindo viver à sua maneira única e recusando os avanços da nova sociedade; além de tudo, egoísta, ao usar a moral como uma arma útil às suas inclinações; assim é Sganarello. Seu antagonista é o homem do mundo, discípulo e propagador de uma filosofia moderada e de uma indulgência razoável, Aristo, seu irmão, que defende os direitos dos jovens e do amor, a quem poderíamos assumir prontamente como uma sombra filosófica de Gassendi[11].

A obra estava quase terminada, e Molière procurava seu desenlace, quando a criança alegre e travessa que tinha visto crescer e que amara quando já madura, Armande Béjart, chegou — dizem — e nele se refugiou, reclamando dos ciúmes e tiranias da irmã mais velha, declarando com orgulho que não sairia da casa de Molière sem a solene promessa de um casamento em breve. Molière se comprometeu. Seu destino foi assegurado, o infortúnio de sua vida

---

9   Henrique IV (1553-1610), também conhecido como "Bom Rei Henrique", foi rei de Navarra e da França, de 1589 até a morte. (N. do T.)

10 Maximilien de Béthune (1559-1641), duque de Sully, foi ministro de Estado da França entre os séculos XVI e XVII. (N. do T.)

11 Pierre Gassendi (1592-1655) foi um filósofo, padre católico, astrônomo e matemático francês, defensor do pensamento livre. (N. do T.)

decidido; mas havia enfim encontrado seu desenlace: exatamente o da nova obra.

Muitas vezes nos surpreendemos com a erudição de Molière, com a multiplicidade persistente de estudos que certamente devem ter contribuído com cada uma de suas obras. É preciso que nos espantemos ainda mais com a cruel audácia que ele atribuiu a si mesmo, fazendo da própria vida o alimento de suas peças e "transportando" (como se dizia então) para o palco "toda a sua vida doméstica", as culpas, paixões, esperanças, dores e remorsos de sua vida moral. Veremos, por sua vez, aparecer (em *Le Misanthrope*, "O Misantropo", sob o nome de Elisa) a boa senhorita Debrie, que o consolara; em dez outras peças, a irmã ciumenta, Madeleine Béjart; em todo lugar, sob a forma de Henrieta, de Celimena, de Psiquê, a jovem e brilhante criança com quem ele se casaria, para seu infortúnio. Aqui temos sua primeira aparição. Trata-se de Agnes, pupila perigosamente ignorante, ingênua e maldosa, a antecipação de Rosina por um tutor que depois se tornará Bartolo sob a pena de Beaumarchais[12] e que depois se transforma novamente em Molière, em 1661.

Mais uma vez, foi um sucesso incomparável. Essa jovem corte achou natural tomar para si a defesa de uma liberdade honesta e doce. Todos logo se interessariam pela comovente fragilidade de Mademoiselle de la Vallière. Racine preparava à época suas sensíveis obras-primas. Os mais sábios da corte, os moderados, reconheciam-se em Aristo; o mestre das réplicas, Molière, o tutor rabugento, era motivo de chacota de todos.

---

12 Pierre-Augustin Caron de Beaumarchais (1732-1799) foi um inventor, dramaturgo, músico, diplomata, espião e editor revolucionário francês. Os personagens Rosina, Bartolo e Molière fazem parte de suas peças, inspiradas na obra de Molière. (N. do T.)

ESCOLA DE MARIDOS

Doze dias após a primeira encenação da obra no Teatro do Palais-Royal, Molière e sua trupe tiveram que se render às vontades do Superintendente Fouquet[13] ou, como diziam suas amigas Preciosas, do grande Cléonime[14], que recebeu, nos jardins de seu magnífico castelo da cidade de Vaux, o senhor e a senhora Molière e Henriette, rainha consorte da Inglaterra. Depois de tratar com grandiosidade

"...as pessoas da realeza
Nesta linda casa,
Admirável em qualquer estação;
Depois de termos, em variadas mesas,
Servido uma centena de deliciosos pratos,
Tudo cristalizado por encantadoras frituras,
Que não ouso contar aqui;
Além de concertos e melodias,
Recebemos comédias,
Conhecemos a 'Escola de Maridos',
Atualmente o encanto de toda a Paris.[15]*"*

---

13 Nicolas Fouquet (1615-1680) foi um nobre francês e superintendente de finanças durante o reinado de Luís XIV. Em virtude de seu modo extravagante e estilo de vida ostensivo, Fouquet foi aprisionado pelo rei em 1661, permanecendo encarcerado até sua morte. (N. do T.)

14 Apelido dado ao superintendente na peça *Les Précieuses Ridicules* ("As Preciosas Ridículas"). (N. do T.)

15 Descrição da apresentação feita nos jardins do castelo do superintendente Fouquet por Jean Loret (1600-1665), escritor e poeta francês conhecido por publicar as notícias semanais da sociedade parisiense de 1650 a 1665, no que chamou de "Gazeta Burlesca". Jean Loret é chamado de "pai do jornalismo" como resultado desses escritos. (N. do T.)

O próprio De Visé[16], crítico implacável, concordou em seu diário que a peça "poderia muito bem ter entrado para a posteridade, caso tivesse cinco atos".

O fracasso de *Dom Garcie* fora reparado. Molière era o homem da segunda metade do século que começava. Quanto ao objetivo moral que os críticos buscavam na nova obra, tentemos não seguir seus passos. Não façamos menção nem de descobri-lo, muito menos de sentir sua falta. "Escola de Maridos", falemos francamente, não é um sermão, nem uma obra didática. Ai de nós! Assim é a vida.

Philarète Chasles

---

16 Jean Donneau De Visé (1638-1710) foi um jornalista, historiador, crítico literário e autor francês. (N. do T.)

DEDICATÓRIA

Ao Duque de Orleans, irmão único do Rei

Vossa Excelência,

Nesta peça, estou mostrando à França coisas bastante desproporcionais. Não há nada tão grandioso e tão deslumbrante quanto o nome que coloco no cabeçalho deste livro, e nada tão inferior ao seu conteúdo. Todos acharão essa composição estranha, e alguns podem até mesmo dizer — para expressar tal desigualdade — que seria como colocar uma coroa de pérolas e diamantes sobre uma estátua de barro ou construir magníficos pórticos e imponentes arcos triunfais à entrada de uma cabana degradada. Mas, Vossa Excelência — e isso deve me servir como desculpa — nesta aventura não tive nenhuma escolha a fazer, pois a honra de estar diante de Vossa Alteza Real me impôs a absoluta necessidade de lhe dedicar a primeiríssima obra que trago à luz. Não é um presente que lhe ofereço, e sim um dever que cumpro; e os tributos nunca são vistos pelas coisas que os compõem. Por isso, Vossa Excelência, ousei dedicar uma bobagem à Vossa Alteza Real, pois não poderia me abster de fazê-lo; e, se me nego neste momento a me estender quanto às belas e gloriosas verdades que se poderia dizer a respeito de minha obra, é pela justa apreensão de que essas grandes ideias possam diminuir ainda mais a pequenez de minha oferta. Impus-me silêncio para encontrar um lugar mais apropriado para acomodar coisas tão bonitas; e tudo o que afirmo nesta epístola serve para justificar minhas ações a toda a França e ter a glória de lhe dizer, Vossa Excelência, com toda a submissão possível, que sou, de Vossa Alteza Real, o servo mais humilde, mais obediente e mais fiel,

Jean-Baptiste Poquelin, Molière.

PERSONAGENS

SGANARELLO e ARISTO, irmãos

ISABEL e LEONOR, irmãs

LISETE, camareira de **LEONOR**

VALÉRIO, amante de **ISABEL**

ERGASTO, criado de **VALÉRIO**

DELEGADO

ESCRIVÃO

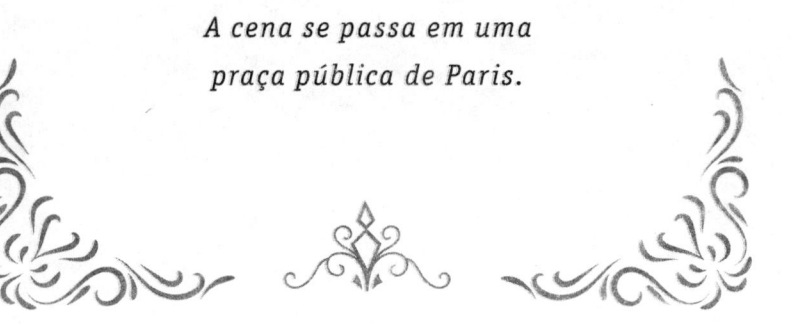

A cena se passa em uma praça pública de Paris.

PRIMEIRO ATO[17]

Cena I

SGANARELLO, ARISTO

SGANARELLO

Meu irmão, por favor, não falemos tanto,
E que cada um de nós viva como quiser.
Embora sobre mim você tenha anos de vantagem,
E idade suficiente para ser sábio,
Dir-lhe-ei, no entanto, que minhas intenções
São de não fazer atenção às suas correções;
Tenho como único conselho minha imaginação,
E ela acaba por concordar com meu modo de vida.

ARISTO

Mas todos o condenam.

---

17 Em francês, "Escola de Maridos" é uma peça em versos. Porém, nesta tradução, para que se obtivesse uma maior fidelidade ao texto original, optou-se por uma versão em prosa, sem prejuízo da métrica utilizada pelo autor. (N. do T.)

SGANARELLO

Sim, tolos como você,
Meu caro irmão.

ARISTO

Muito obrigado, é doce seu elogio!

SGANARELLO

Gostaria muito de saber, já que tudo deve ser ouvido,
Em que podem esses belos críticos me repreender.

ARISTO

Este humor ferino, cuja severidade
Escapa a todos os afetos da sociedade,
Em tudo que faz, você inspira algo bizarro,
E até mesmo suas roupas o tornam um bárbaro.

SGANARELLO

É verdade que à moda tenho que me sujeitar,
E não é para mim que devo me vestir.
Mas não seria para você, nem pelas tolices que diz,
Pois, graças a Deus, meu irmão mais velho é,
Por cerca de vinte anos, isso não é segredo,
E nem vale a pena mencioná-lo;
Não gostaria tampouco, acerca de tais assuntos,
Que as tolices que você ostenta me inspirassem?
Ou que usasse eu esses minúsculos chapéus,
Que apenas evidenciam diminutos cérebros?
Ou essas madeixas louras cujo vasto volume
Aos rostos humanos o olhar ofuscam?

Ou casacos que se perdem sob os braços?
Ou as altas golas que pendem até o umbigo?
Ou essas mangas que, à mesa, provam dos molhos?
Ou as calçolas que ostentam nas festas de gala?
Ou ainda os belos sapatinhos, de fitas revestidos,
Que lhe fazem parecer um pombo com pernas?
E essas grandes ligas, parecendo mais correntes,
Que todas as manhãs escravizam suas pernas,
E por quem vemos esses senhores tão galantes
Marchar com as pernas arreganhadas, cheios de babados?
Sem dúvida, eu lhe agradaria, assim enfeitado?
Pois vejo que as tolices usuais é o que você veste.

ARISTO
Sempre à maioria devemos nos acomodar,
E tampouco devemos chamar a atenção.
Ambos os excessos são chocantes, e todo sábio homem
Deve copiar as roupas, assim como a linguagem,
Para não parecer afetado, sem pressa
Deve acompanhar o uso sem nenhuma mudança.
Não acho que devamos tomar como exemplo
Aqueles que sempre se põem à frente da moda,
Pois, ao se enamorar do excesso,
Acabam por se zangar ao ver alguém que vá além;
Mas insisto que é errado, não importa em quê,
Escapar com teimosia do que todos seguem,
E que é melhor sofrer para estar entre os loucos
Do que, mostrando-se sábio, acabar contra todos.

SGANARELLO

    Parece-me com aquele velho que, para a todos ludibriar,

    Cobria os cabelos brancos com uma peruca negra.

ARISTO

    É de fato muito estranho todo o cuidado que toma

    Para vir me jogar sempre a idade na cara;

    E que seja necessário vê-lo sem cessar

    Culpar-me os hábitos, assim como a alegria;

    Como se, condenado a nada mais amar,

    A velhice deve apenas pensar em morrer,

    Para você, a feiura só será suficiente

    Se vier acompanhada de desleixo e relutância.

SGANARELLO

    De qualquer forma, relutarei com todas as forças

    A trocar minhas vestimentas.

    Quero um penteado, a despeito da moda,

    Que ofereça à minha cabeça cômodo abrigo,

    Um belo casaco, comprido e bem fechado,

    Que, para a boa digestão, mantenha o estômago quentinho;

    Calças feitas de acordo com minhas coxas,

    Sapatos que não atormentem meus pés,

    Como nossos ancestrais sabiamente usavam,

    E quem me achar feio, basta fechar os olhos.

Cena II

*LEONOR, ISABEL, LISETE, ARISTO E SGANARELLO,
conversando baixinho no proscênio, sem serem notados.*

LEONOR, *para Isabel*

Eu cuido de tudo, no caso de lhe porem de castigo.

LISETE, *para Isabel*

Ainda trancada no quarto sem poder ver o mundo?

ISABEL

Foi para isso que o construíram.

LEONOR

Tenho pena de você, minha irmã.

LISETE, *para Leonor*

Ainda bem que o irmão dele tem um humor
completamente diferente,
Madame, e que o destino lhe foi favorável
Fazendo-a cair nas mãos do mais razoável.

ISABEL

É um milagre que hoje ele não me tenha prendido
Ou ainda me levado consigo.

LISETE

Bom, eu o mandaria ao diabo com sua gola de rufos,
E...

SGANARELLO, *esbarrando em Lisete*

Aonde vai, se não se importa em dizê-lo?

LEONOR

Ainda não sabemos, mas estou apressando minha irmã
A ir comigo respirar a doçura deste clima bom,
Mas...

SGANARELLO, *para Leonor*

Quanto a você, pode ir aonde quiser.

Apontando para Lisete

Basta-lhes correr, as duas juntas.

Para Isabel

Mas você, faça-me o favor, está proibida de sair.

ARISTO

Ah, deixe-as ir se divertir, meu irmão.

SGANARELLO

Como queira, meu irmão.

ARISTO

A juventude quer...

SGANARELLO

A juventude é tola e, às vezes, também a velhice.

ARISTO

Você acredita que ela faz mal em acompanhar Leonor?

SGANARELLO

Não, mas acredito que está ainda melhor ao meu lado.

ARISTO

Mas...

SGANARELLO

Mas suas ações devem de mim depender,
E sei bem os cuidados que devo tomar.

ARISTO

E tenho eu menos cuidados com sua irmã?

SGANARELLO

Meu Deus! Cada um raciocina e age como quer.
Elas são órfãs, e nosso amigo, o pai delas,
Delegou-nos sua conduta em sua derradeira hora,
Cobrando-nos, a nós dois, de desposá-las
Ou, em nossa recusa, de um dia entregá-las,
Por contrato, já sabíamos desde sua tenra infância,
Que sobre elas teríamos plenos poderes, como pai ou marido;
Para criar aquela ali, tomou você a responsabilidade,
E desta aqui, todo o cuidado foi meu;
De acordo com sua vontade, você cuida da sua,
Deixe-me, por favor, cuidar então da minha.

ARISTO

Parece-me...

SGANARELLO

Parece-me, e vou dizer em voz alta,
Que sobre tal assunto se deve falar corretamente.
Você permite que a sua siga jovial e elegante,
A mim tanto faz: que ela se pinte e seja seguida,
Consinto: que ela corra e ame o ócio,
E que se torne uma donzela cheirosa e livre,
Fico muito satisfeito; mas pretendo que a minha
Viva conforme minha imaginação, e não a dela;
Que de uma sarja decente seja sua vestimenta,
E que use preto apenas nos dias certos;
Que, trancada em casa, como alguém muito sábio,
Aplique-se a todas as tarefas do lar,
Que costure minhas roupas nas horas de lazer,
Ou que tricote algumas meias por simples prazer;
Que feche os ouvidos aos discursos dos tolos,
E não saia nunca sem ter quem a vigie.
Enfim, a carne é fraca, e ouço todos os seus chamados,
Se puder, não gostaria de usar chifres;
E como seu destino a leva a se casar comigo,
Reivindico poder responder por cada pedacinho dela.

ISABEL

Você não tem motivo, acredito eu...

SGANARELLO

Cale-se.
Teria muitos motivos caso lhe deixasse sair sozinha.

LEONOR

    E por quê, senhor?

SGANARELLO

    Meu Deus! Madame, mas que linguagem,
    Não falo com a senhora, pois é muito sábia.

LEONOR

    O senhor vê com pesar Isabel acompanhada de nós duas?

SGANARELLO

    Sim, e as senhoras a estão estragando, já que é preciso falar com franqueza.
    Suas visitas a esta casa me desagradam muitíssimo,
    E seria um grande um favor se não mais aparecessem.

LEONOR

    O senhor quer que meu coração também lhe fale com franqueza?
    Ignoro como ela vê tudo isso,
    Mas sei o que tal desconfiança faria em mim,
    E embora tenhamos nascido do mesmo sangue,
    Não chegamos a ser irmãs se a cada dia
    Suas maneiras de agir é que lhe dão amor.

LISETE

    Na verdade, todos esses cuidados são coisas infames.
    Estamos por acaso entre turcos, para confinar as mulheres?
    Pois se ouve dizer que as mantêm escravas em tal país,
    E é por isso que são amaldiçoados por Deus.

Nossa honra, meu senhor, é muito sujeita a fraquezas
Se constantemente vê a necessidade de ser guardada.
O senhor acha, afinal, que essas precauções
Seriam um obstáculo às nossas intenções?
E que, quando colocamos algo em nossa cabeça,
O homem mais refinado não se torna uma besta?
Todas essas reservas são visões de loucos,
Seria muito melhor, meu Deus, ter-nos confiança;
Quem nos incomoda se coloca em extremo perigo,
E se pretende a qualquer custo nossa honra manter,
Ainda mais nos inspira o desejo de pecar,
Mostrar tamanha ocupação em nos censurar;
Se por um marido eu me vir constrangida,
Teria ainda mais vontade de confirmar seus temores.

SGANARELLO, *para Aristo*

Eis aí, belo tutor, sua educação.
E você testemunha tudo isso sem nenhuma emoção?

ARISTO

Meu irmão, seu discurso serve apenas para fazer rir,
Mas ela tem alguma razão no que veio dizer.
O sexo frágil gosta de desfrutar de certa liberdade,
É muito difícil mantê-lo com tanta austeridade;
E reservas desafiadoras, ferrolhos e portões,
Não se tornam nem meninas nem mulheres virtuosas;
É a honra que deve mantê-las no dever,
E não a severidade que as fazemos ver.
É muito estranho lhe falar sem fingir

Que uma mulher é sabia apenas por obrigação.
Em vão todos os seus passos vamos dominar,
Mas é seu coração que devemos conquistar,
Eu não manteria, não importa o cuidado a tomar,
Minha honra segura nas mãos de tal pessoa
Pois, em razão dos desejos que lhe viriam assaltar,
Não lhe faltariam meios de me falhar.

SGANARELLO
Nada além de bobagens, tudo isso!

ARISTO
Que seja, mas continuo a insistir
Que devemos instruir as jovens com sorrisos,
Assumir as faltas com grande doçura,
E não assustá-las em nome da virtude.
Meus cuidados com Leonor seguem essas máximas,
As menores liberdades não tornei crimes,
Com seus pequenos desejos sempre consenti,
E até agora, graças aos céus, não me arrependi.
Deixei que ela se cercasse de belas companhias,
Entretenimento, bailes e comédias,
Tais coisas, tenho para mim há muito tempo,
São muito adequadas à mente das jovens;
E a escola da sociedade, em cujo seio se deve viver,
Na minha opinião, instrui melhor do que qualquer livro.
Ela gosta de roupas, lenços e laços,
Que quer que eu faça? Seus desejos satisfaço;
São prazeres que podemos ter, em nossas famílias,

Quando se há como, que se lhes permita às mocinhas.
Uma ordem paterna a obriga a comigo se casar,
Mas minha intenção nunca foi de a tiranizar.
Sei muito bem que nossa idade não combina,
E deixo à sua escolha toda a liberdade.
Se lhe basta uma renda de quatro mil escudos,
Grande ternura e um cuidado complacente
Para reparar a desigualdade que paira sobre nós,
Que ela se case comigo; caso contrário, que vá para outro lar.
Concordarei que sem mim tem melhor destino,
E prefiro vê-la sob outro casamento
Do que, contra a vontade, sua mão me seja dada.

SGANARELLO

Ah, como é doce! Todo feito de açúcar e mel!

ARISTO

Enfim, é assim que penso, e agradeço aos céus por isso.
Eu nunca seguiria essas rígidas regras
Que fazem os filhos contarem os dias de seus pais.

SGANARELLO

Mas toda a liberdade que se toma na juventude
Não recua com facilidade;
E seus sentimentos custarão a seguir sua vontade,
Quando ela precisar mudar de vida.

ARISTO

E por que mudá-la?

SGANARELLO
Por quê?

ARISTO
Sim.

SGANARELLO
Não sei.

ARISTO
Existe algo na liberdade que fere a honra?

SGANARELLO
Mas, ora, se você acabar se casando, ela poderá reivindicar
As mesmas liberdades que agora costuma tomar?

ARISTO
Por que não?

SGANARELLO
E seu desejo será apenas de agradar à sua esposa,
Mesmo que forem além dos meros lenços e fitas?

ARISTO
Sem dúvida.

SGANARELLO
Mesmo sofrendo, com a mente perturbada,
Correndo por todos os bailes e lugares festivos?

ARISTO
Sim, certamente.

SGANARELLO

E as donzelas irão então para sua casa?

ARISTO

E por que não?

SGANARELLO

Para brincar e trocar presentes?

ARISTO

Com certeza.

SGANARELLO

E sua menina vai então ser cortejada?

ARISTO

Muito provavelmente.

SGANARELLO

E você vigiará essas tolas visitas
Para se certificar de que ninguém se inebrie?

ARISTO

Seguramente.

SGANARELLO

Ora, vamos, você é um velho louco!
Para Isabel
Entre, para não ter que ouvir essas práticas infames.

Cena III
LEONOR, LISETE, ARISTO, SGANARELLO

ARISTO

Quero me render à confiança de minha esposa,
E prefiro viver do jeito como sempre vivi.

SGANARELLO

Quanto prazer terei se o fizerem de corno!

ARISTO

Não sei que destino minha estrela fará surgir,
Mas sei que se você não estiver escrita em meu futuro,
Não devemos lhe imputar tal desonra,
Já que seus cuidados representam tudo que me é necessário.

SGANARELLO

Ria, então, belo piadista! Ah, como é agradável
Ver um bobo da corte de quase 60 anos!

LEONOR

Do destino que fala lhe garanto eu,
Se for preciso que, por minha virgindade, ateste minha fé,
Pode ter certeza dela, mas saiba que minh'alma
Por nada responderia, se fosse sua esposa.

LISETE

Nada mais que honradez àqueles que confiam em nós,
Mas certamente é apenas um sonho para gente como você.

SGANARELLO

Lá vem essa língua maldita, uma das mais sabichonas!

ARISTO

Você, meu irmão, é o responsável por essa resposta.
Adeus. Mude de humor e fique atento,
Pois prender a esposa é o incorreto a fazer.
Mas saiba que estou a seu dispor.

SGANARELLO

Pois não estou ao seu!

Cena IV

SGANARELLO

Ah, mas como foram todos feitos uns para os outros!
Que bela família! Um velho tolo
Que se faz de cavalheiro naquela carcaça arruinada,
Uma menina mandona e sedutora suprema,
Lacaios insolentes: não, nem mesmo a Sabedoria
seria capaz de agir, perdendo todo sentido e razão
Na tentativa de corrigir esta casa.
Isabel porventura, em meio a essas obsessões, perderá
Qualquer vestígio da honra que lhe foi legada;
E, para evitá-lo, muito em breve farei
Com que volte para o interior.

Cena V

SGANARELLO, VALÉRIO, ERGASTO

VALÉRIO, *no fundo do teatro*
   Ergasto, ei-lo ali, esse espião abominável,
   O severo tutor daquela que adoro.

SGANARELLO, *crendo estar só*
   Não é realmente surpreendente
   Essa corrupção dos costumes de hoje?

VALÉRIO
   Gostaria de abordá-lo, se estivesse em meu poder,
   Tentaria, então, ganhar-lhe a confiança.

SGANARELLO, *crendo estar só*
   Em vez de ver reinar aquela severidade
   Que combinava tão bem com a antiga honestidade,
   Por aqui a juventude, libertina, absoluta,
   Não toma...
   Valério cumprimenta Sganarello de longe.

VALÉRIO
   Ele não vê que o estou cumprimentando.

ERGASTO
   Talvez seu olho ruim esteja para este lado.
   Vamos para a lateral direita.

SGANARELLO, *crendo estar só*

É preciso sair daqui.

Continuar na cidade não deve resultar

Em nada além de...

VALÉRIO, *aproximando-se aos poucos*

Preciso tentar me apresentar a ele.

SGANARELLO, *ouvindo um barulho*

Ah, achei que tinha ouvido alguém falando...

Crendo estar só

No interior, graças aos céus,

A tolice do tempo não ferirá meus olhos.

ERGASTO, *para Valério*

Fale com ele.

SGANARELLO, *ouvindo novamente um barulho*

O que foi?

Sem ouvir mais nada

Meus ouvidos me enganam.

Crendo estar só

Lá, todos os passatempos das mulheres são limitados...

Vê Valério cumprimentando-o

É comigo?

ERGASTO, *para Valério*

Aproxime-se.

SGANARELLO, *ignorando Valério*

Lá não há galãzinhos.

VALÉRIO, *cumprimentando-o mais uma vez*

Não me dá atenção... Mas que diabo!

*Ele se vira e vê Ergasto, que o cumprimenta
do outro lado do teatro*

De novo? Mas quantas vezes terei que balançar o chapéu?

VALÉRIO

Meu senhor, por acaso o estou perturbando?

SGANARELLO

Provavelmente.

VALÉRIO

Mas é uma enorme honra conhecê-lo.
É uma felicidade tão grande, um prazer tão doce,
Pois tinha muito desejo de cumprimentá-lo.

SGANARELLO

Que seja.

VALÉRIO

Gostaria apenas de lhe dizer, sem nenhuma pretensão,
Que pode contar comigo para qualquer tipo de serviço.

SGANARELLO

Pois acredito.

VALÉRIO

Tenho o prazer de ser um de seus vizinhos,
E devo muito agradecer por tão feliz destino.

SGANARELLO

Faz bem.

VALÉRIO

Mas, meu senhor, já sabe da notícia
Que corre toda a corte, tida como verdade?

SGANARELLO

Que me importa?

VALÉRIO

Realmente. Mas, em meio a toda notícia,
Podemos às vezes encontrar curiosidades.
Por acaso o senhor vai visitar Vossa Excelência,
Que prepara a chegada de nosso maravilhoso Delfim[18]?

SGANARELLO

Se me der na telha.

VALÉRIO

Devemos admitir que Paris nos proporciona
Uma centena de encantadores prazeres, que não se vê em
nenhum outro lugar.

---

18 Príncipe herdeiro do trono da França. (N. do T.)

Mesmo as províncias próximas são lugares solitários.
Como o senhor passa seu tempo?

SGANARELLO
Com meus negócios.

VALÉRIO
A mente precisa relaxar e, por vezes, sucumbe
Por se apegar demais a ofícios sérios.
O que o senhor faz à noite, antes de se retirar?

SGANARELLO
O que me dá prazer.

VALÉRIO
Sem dúvida: não poderia ter dito melhor,
Essa resposta está correta, e parece de bom-senso
Não querer fazer nada que nos desagrada.
Se não soubesse que seu espírito está muito ocupado,
De vez em quando iria até sua casa depois do jantar.

SGANARELLO
Criado!

Cena VI
VALÉRIO, ERGASTO

VALÉRIO
O que me diz desse maluco?

ERGASTO

Vai embora de maneira brusca e nos recebe como um lobisomem.

VALÉRIO

Ah, como me irrita!

ERGASTO

E por quê?

VALÉRIO

Por quê? Porque muito me irrita
Ver aquela que eu amo nas mãos de um selvagem,
De um dragão vigilante cuja severidade
Não a deixa desfrutar de nenhuma liberdade.

ERGASTO

É esse amor que lhe deixa irritado; e em tal resultado
Seu amor deve encontrar grandes esperanças.
Para que sua mente se fortaleça, aprenda
Que mulher presa, assim está apenas pela metade,
E que as mágoas feitas por maridos ou pais,
Acabam por avançar ainda mais os galanteios.
Flerto pouquíssimo, esse é meu menor talento
E, por profissão, não sou de fazer a corte.
Mas já fui criado de uma vintena de galanteadores
Que diziam todo o tempo que sua maior alegria
Era encontrar esse tipo de marido irritante,
Que jamais ia à casa sem um castigo a postos;
Esses brutos arbitrários que, sem razão ou por quê,
Em tudo de suas esposas controlam a conduta,

Adornando-se orgulhosos com o nome de marido,
Eram colírios aos olhos de tais pretendentes.
Diziam eles, sabemos muito bem como tirar proveito
Da amargura das senhoras diante de tamanhos ultrajes,
Basta se tornar a testemunha prestativa que dela se compadece,
Eis um campo aonde se pode chegar longe o suficiente;
Em resumo, tem aí bela expectativa
Na severidade do tutor de Isabel.

VALÉRIO

Mas já há quatro meses que a amo com fervor,
E não consigo encontrar nem um momento para lhe falar.

ERGASTO

O amor nos torna criativos; mas o senhor não o é, realmente;
Se o fosse eu...

VALÉRIO

Mas o que você poderia ter feito
Se sem esse bruto nunca a vemos;
E não há com ela nem criados nem camareiras
Que, pela lisonjeira sedução de alguma recompensa,
Possa eu encontrar ajuda para minhas paixões?

ERGASTO

Ela ainda não sabe que o senhor a ama?

VALÉRIO

Eis um ponto em que meus desejos não estão bem informados.
Por todo lugar que tal bruto leva minha bela,

Ela sempre me vê como uma sombra atrás dela,
E meus olhos se fixam nos dela a cada dia
No afã de lhe explicar o excesso de meu amor.
Meus olhos falaram alto: mas quem pode saber
Se sua linguagem é capaz de ser compreendida?

ERGASTO

É verdade, tal linguagem pode ser obscura,
Sem a escrita ou a voz como intermediária.

VALÉRIO

O que posso fazer para sair dessa dor intensa,
E ter certeza de que a bela sabe que a amo?
Diga-me se conhece algum meio.

ERGASTO

É isso que precisamos encontrar:
Vamos entrar em sua casa, para melhor raciocinar.

SEGUNDO ATO

Cena I
SGANARELLO, ISABEL

SGANARELLO

Ora, ora, conheço a casa e a pessoa
Apenas pelas marcas que vejo em sua boca.

ISABEL, *à parte*

Ó, céus! Sejam-me benevolentes e ajudem neste dia
O ágil estratagema de um amor inocente!

SGANARELLO

Não lhe disseram então que ele se chama Valério?

ISABEL

Sim.

SGANARELLO

Vá descansar em seus aposentos e me deixe em paz.
Vou falar com esse confuso jovem imediatamente.

ISABEL, *saindo do palco*

Empreendo um projeto muito ousado para uma garota,
Mas os injustos rigores que ele usa contra mim
A qualquer espírito de bem me servirão como desculpa.

Cena II

SGANARELLO

Ele vai bater à porta, acreditando ser a de Valério.
Não devo perder tempo, é aqui. Quem está aí?
Bom, estou devaneando. Olá! Alguém aí? Olá!
Não me surpreende, depois dessa revelação,
Se ele chegou antes de mim de forma tão sorrateira,
Tenho que apressar o passo, contra suas loucas esperanças...

Cena III

SGANARELLO, VALÉRIO, ERGASTO

SGANARELLO, *para Ergasto, que saiu bruscamente*

Praga de cavalgadura que, para me fazer cair,
Adiantou-se a meus passos e se plantou como um poste!

VALÉRIO

Meu senhor, perdão...

SGANARELLO

Ah! Estava procurando pelo senhor.

VALÉRIO

Eu, senhor?

SGANARELLO

O senhor. Seu nome não é Valério?

VALÉRIO

Sim.

SGANARELLO

Venho lhe falar, se não for incomodar.

VALÉRIO

Será que poderia ser mais feliz do que lhe prestando um favor?

SGANARELLO

Não. Mas pretendo eu lhe prestar um bom serviço,
E é tal préstimo que me traz até sua casa.

VALÉRIO

Minha casa, senhor?

SGANARELLO

Sua casa. É preciso tanta surpresa?

VALÉRIO

Falarei dos assuntos que quiser; e minh'alma,
Encantada com tanta honra...

SGANARELLO

Deixemos de lado tal honra, por favor.

VALÉRIO

O senhor não vai entrar?

SGANARELLO

Não é necessário.

VALÉRIO

Mas, por favor, meu senhor.

SGANARELLO

Não, não vou além de onde estou.

VALÉRIO

Mas estando aí, não sou capaz de ouvi-lo.

SGANARELLO

Mas daqui não quero me mover.

VALÉRIO

Ah, bom, mas é preciso ceder!
Rápido, já que o senhor se decidiu;
Tragam cá um assento.

SGANARELLO

Prefiro falar em pé.

VALÉRIO

Mas assim é muito sofrimento!

SGANARELLO

Ah, mas que terrível maçada!

VALÉRIO

Tamanha incivilidade seria muito repreensível.

SGANARELLO

Eis aqui uma situação sem par,
Deixar de ouvir a gente que lhe quer falar.

VALÉRIO

Obedeço-lhe, então.

SGANARELLO

Não poderia tomar decisão melhor.
Faz-se muitas cerimônias para a própria preservação.
Vai me ouvir afinal?

VALÉRIO

Sem dúvida, e com o coração aberto.

SGANARELLO

Diga-me, o senhor sabe que sou o tutor
De uma moça bastante jovem e razoavelmente bonita
Que mora neste bairro e que se chama Isabel?

VALÉRIO

Sim.

SGANARELLO

Se sabe, não é porque estou lhe dizendo.
Mas sabe também que, achando-lhe encantos,

Além de tutor, essa pessoa me interessa
E se destina às honras de minha cama?

VALÉRIO

Não.

SGANARELLO

Então, a propósito, devo-lhe informar.
Que você e seus ardores a deixem na mais santa paz.

VALÉRIO

Quem? Eu, senhor?

SGANARELLO

Sim, o senhor. Deixemos de lado qualquer fingimento.

VALÉRIO

Quem lhe disse que minh'alma sofre por ela?

SGANARELLO

Pessoas a quem podemos dar algum crédito.

VALÉRIO

Quem?

SGANARELLO

Ela mesma.

VALÉRIO

Ela?

SGANARELLO

Ela. Já não é dizer o suficiente?
Como menina honesta que é, amando-me desde a infância,
Acaba de me revelar tudo;
E, além disso, instruiu-me a vir avisá-lo
Que, já que o senhor segue todos os seus passos,
Seu coração se sente ferido pelos ultrajes de sua perseguição,
E que compreende muito bem a linguagem de seus olhares;
Que seus desejos secretos lhe são bem conhecidos
E que acha inútil dar quaisquer razões
Para lhe explicar que suas paixões
Afrontam a amizade que sua alma guarda por mim.

VALÉRIO

É ela, diz o senhor, que por vontade própria lhe pediu...

SGANARELLO

Sim, pediu-me para vir lhe dar esse testemunho franco e claro,
E, tendo visto o ardor com que sua alma está ferida,
Teria permitido que o senhor soubesse o que pensa antes,
Se seu coração tivesse, em meio à sua emoção,
Achado outro alguém que lhe viesse em comissão.
Mas, por fim, as dores de um embaraço tão grande
Obrigaram-na a se servir de mim mesmo,
Para lhe advertir, como o fiz,
Para lhe dizer que a qualquer outro, que não eu, seu coração será negado,
Que basta de olhadelas suas,
E que, se o senhor tiver o mínimo de inteligência,

Irá atrás de outros caprichos. Adeus, até revê-lo,
Eis tudo que tinha a lhe fazer compreender.

VALÉRIO, *falando baixo*
Ergasto, o que me diz de tal aventura?

SGANARELLO, *baixo, à parte*
Ele parece bastante surpreso!

ERGASTO, *para Valério*
Pelo que entendo,
Não acho que ela o ache desagradável,
E que um mistério bastante sutil se esconde sob tudo isso,
E, por fim, esta opinião não é de alguém
Que queira ver cessar o amor que ela lhe tem.

SGANARELLO, *à parte*
Ele aceitou como se deve.

VALÉRIO, *baixo, para ERGASTO*
Você acha que há um mistério...

ERGASTO, *baixo*
Sim... Mas ele nos observa, vamos sair do alcance de seus olhos.

Cena IV
SGANARELLO

A confusão parece transparecer em seu rosto!
Sem dúvida, ele não esperava tal mensagem.
Devo chamar Isabel, ela mostrará os frutos
Que a educação em uma alma produz.
A virtude tem seus efeitos, e seu coração neles se consome.
A ponto de se ofender com o mero olhar de um homem.

Cena V
SGANARELLO, ISABEL

ISABEL, *falando baixo, enquanto entra*
Receio que este amante, tomado por sua paixão,
Não tenha entendido a intenção de meus avisos,
E gostaria muito, em meios aos grilhões que me aprisionam,
De poder dispor de alguém com um pouco mais de inteligência.

SGANARELLO
Estou de volta.

ISABEL
E então?

SGANARELLO
Em sucesso completo
se converteu seu discurso, e seu homem o relatou por completo.
Ele quis me negar que seu coração estava doente,

Mas, quando assinalei que vinha lhe falar de sua parte,
Ficou, a princípio, mudo e confuso,
E não acho que volte a agir como antes.

ISABEL

Ah, que me conta? Temo muito o contrário,
Que ele nos incomode ainda mais do que a outra vez.

SGANARELLO

E no que se baseia para afirmar esse temor?

ISABEL

O senhor mal saíra de casa,
E, para me refrescar, pus o rosto à janela,
E vi ali no retorno aparecer um jovem,
Que, para começar, da parte daquele impertinente,
Veio me cumprimentar de forma surpreendente,
E lançou, para dentro do quarto, um estojo
Com um bilhete lá dentro escondido.
Quis, sem demora, recusar-lhe o tal presente,
Mas seus passos já ao fim da rua chegavam,
E tenho, por isso, o coração que é só agitação.

SGANARELLO

Mas vejam só que ardil, que malandragem!

ISABEL

É meu dever agir prontamente,
E devolver o estojo e a carta para esse maldito amante;

Mas para isso precisaria de alguém...
Porque fazer com que o senhor tenha tamanha ousadia...

SGANARELLO

Pelo contrário, minha bela!
Assim me faz ver seu amor e sua confiança,
E meu coração aceita com alegria essa missão;
Me dá assim mais prazer do que sou capaz de admitir.

ISABEL

Tome, então.

SGANARELLO

Muito bem. Vejamos o que ele foi capaz de lhe escrever.

ISABEL

Ó, céus! Cuidado para não a abrir!

SGANARELLO

E por quê?

ISABEL

O senhor quer que ele acredite que fui eu?
Uma dama honrada deve sempre evitar
Ler os bilhetes que um homem lhe entrega.
Ficar sabendo da curiosidade que assim incitamos
Acaba por nos proporcionar um prazer secreto,
E acho que vale mais a pena que, toda fechada,
Seja-lhe esta carta prontamente entregue,

Para que ele saiba ainda hoje
O extraordinário desprezo que meu coração tem por ele;
Que suas paixões daqui para a frente percam qualquer esperança
E que ele não cometa tal extravagância novamente.

SGANARELLO

Ela certamente tem razão ao falar assim.
Sua virtude me encanta, e sua prudência também:
Vejo que minhas lições germinaram em sua alma
E que finalmente você é digna de se tornar minha esposa.

ISABEL

No entanto, não quero contrariar suas vontades.
A carta está em suas mãos, pode abri-la.

SGANARELLO

Não, não me importo; infelizmente, suas razões são excelentes,
E vou cumprir a tarefa que me deu;
Vou até ali lhe dizer uma ou duas palavras,
E logo volto para que fique sossegada.

Cena VI

SGANARELLO

Em que êxtase flutua meu coração
Quando vejo nesta menina tanta sabedoria!
É uma relíquia de honradez que tenho em minha casa.

Tomar um olhar amoroso por uma traição!

Julgar um bilhetinho como um insulto extremo

E fazer com que eu mesmo vá devolvê-lo ao galã!

Gostaria de saber, ao ver tudo isso,

Se a mulher de meu irmão agiria assim.

Francamente, as mulheres se tornam o que se faz delas.

Olá!

Ele bate à porta de Valério.

Cena VII

SGANARELLO, ERGASTO

ERGASTO

Quem é?

SGANARELLO

Pegue, diga ao seu mestre

Que ele não ouse escrever novamente

As cartas que envia em estojos dourados,

Pois Isabel ficou tremendamente irritada.

Veja só que nem ao menos a abrimos,

Para que ele saiba o pouco que fazemos de seus ardores,

E que feliz enlace deve ele esperar deles.

Cena VIII
ERGASTO, VALÉRIO

VALÉRIO
O que esse bruto acaba de lhe entregar?

ERGASTO
Esta carta, meu senhor, e mais este estojo,
Que alega Isabel ter recebido do senhor,
E que lhe provocou, diz ele, grande ira.
Pois sem nem sequer abri-la veio ele devolvê-la.
Leia sem demora, e vejamos se estou enganado.

VALÉRIO, *lendo*
"Esta carta sem dúvida o surpreenderá, e o senhor pode achar muita ousadia minha, não só minha intenção de lhe escrever, como também a maneira de a entregar ao senhor; mas me vejo em um estado que não pode mais ser suportado. O horror justificado de um casamento com o qual me ameaçam dentro de seis dias me faz arriscar qualquer coisa; e, decidida a me livrar de tal união por todo meio possível, pensei que deveria preferir o senhor ao desespero. Não pense, porém, que tudo se deve ao meu terrível destino; não é a aflição em que me encontro que deu origem aos sentimentos que nutro pelo senhor; mas é ela que precipita minha confissão e o que me faz passar por cima das formalidades que as boas maneiras de meu sexo exigem. Caberá somente ao senhor que eu seja sua muito em breve,

e apenas estou esperando que me sinalize as intenções de
seu amor, para que saiba a decisão que tomei; entretanto,
acima de tudo, lembre-se de que o tempo está se esgotando e
que dois corações que se amam devem se compreender com
poucas palavras."

ERGASTO

E então, meu senhor, o truque não é original?
Para uma jovem garota, ela já é bastante sábia.
Quem diria que é capaz dessas táticas amorosas?

VALÉRIO

Ah, acho-a completamente adorável.
Esse traço de seu caráter e de sua amizade
Aumentam ainda mais o amor que tenho por ela,
E, além dos sentimentos, sua beleza me inspira...

ERGASTO

Lá vem o tolo; pense no que vai lhe dizer.

Cena IX

VALÉRIO, ERGASTO, SGANARELLO

SGANARELLO, *crendo estar só*

Ah, três, quatro vezes seja bendito o édito
Que torna o luxo nos trajes proibido!
As penas dos maridos não serão mais tão grandes,
E as mulheres terão um freio às suas demandas.

Ah, como sou grato ao rei por seus decretos!
Para o sossego desses mesmos maridos,
Gostaria que se fizesse com toda sedução
O que se fez com as rendas e bordados!
Quis comprar tal édito, de propósito,
Para que Isabel o possa ler em voz alta;
E logo mais, quando já estiver desocupada,
Será então a diversão para depois do jantar.
Percebendo a presença de Valério.
O senhor enviará novamente, cavalheiro louro,
Em estojos dourados seus bilhetes apaixonados?
Pensou então que encontraria uma jovem sedutora,
Amante das intrigas e entusiasta das cortes?
Viu só como recebemos suas joias?
Acredite-me, é como atirar em pardais,
Ela é sábia e me ama, e seu amor a ultraja.
Mire em outro alvo, vá embora sem demora.

VALÉRIO
Sim, sim, seu mérito, ao qual todos se rendem,
Aos meus olhos, meu senhor, é obstáculo grande demais;
E é loucura minha, em minha fiel paixão,
Pensar poder competir com o senhor pelo amor de Isabel.

SGANARELLO
É verdade, é loucura.

VALÉRIO
Não poderia, então,
Abandonar meu coração para seguir seus encantos,

Se soubesse de antemão que este coração miserável
Haveria de encontrar rival tão formidável quanto o senhor.

SGANARELLO

Assim também penso eu.

VALÉRIO

Agora, basta-me tomar cuidado de não ter esperanças,
Rendo-me ao senhor sem nada mais a dizer.

SGANARELLO

Faz muito bem.

VALÉRIO

O direito ao destino lhe ordena,
E de tantas virtudes resplandece sua pessoa,
Que estaria errado em ver com olhares enfurecidos
Os sentimentos ternos que Isabel nutre pelo senhor.

SGANARELLO

É compreensível.

VALÉRIO

Sim, sim, cedo-lhe o lugar:
Mas lhe rogo, ao menos, uma única graça,
Meu senhor, o que lhe pede um desgraçado amante,
Cujo tormento é não mais que culpa sua;
Imploro-lhe, pois, que garanta a Isabel
Que, se há três meses meu coração por ela arde,

Esse amor é imaculado e jamais cheguei a pensar
Em nada que possa ter ofendido sua honra.

SGANARELLO

Sim.

VALÉRIO

Que, apenas dependendo das escolhas de minh'alma,
Todos os meus planos eram para tê-la como esposa,
Se ao destino, visto que é o senhor que cativa seu coração,
Não se opusera um obstáculo ao meu justo ardor.

SGANARELLO

Muito bem.

VALÉRIO

Que, o que quer que eu faça, não devo acreditar
Que seus encantos saiam um dia de minha memória;
Que, seja qual for o decreto dos céus que eu sofra,
Meu destino é amá-la até o último suspiro;
E que, se algo sufoca minhas investidas,
É o devido respeito que tenho por seus méritos.

SGANARELLO

Que fala cheia de sabedoria; vou-me, agora,
Repetir-lhe tal discurso, que em nada há de a chocar;
Mas, se crê em mim, tente se assegurar
De que essa paixão deixe sua mente.
Adeus!

ERGASTO, *para Valério*
A farsa foi boa!

Cena X
SGANARELLO

Inspira-me muita piedade
Este pobre coitado tão cheio de amizade;
Mas é um grande mal que lhe entrou na mente
De querer cativar aquela que já é conquista minha.
Sganarello bate à porta de sua casa.

Cena XI
SGANARELLO, ISABEL

SGANARELLO
Nunca um amante ficou tão perturbado
Ao ver um bilhete ainda lacrado;
Enfim perde ele toda esperança e se retira,
Mas ternamente me rogou que lhe dissesse assim:
"Que pelo menos, ao amá-la, ele nunca pensara
Em nada que sua honra pudesse ofender,
E que, a depender apenas da vontade de sua alma,
Tudo que desejava era tê-la como esposa,
Se ao destino, visto que fui eu quem cativou seu coração,
Não se opusera um obstáculo ao seu justo ardor;

Que, o que quer que ele faça, não deve acreditar
Que seus encantos saiam um dia de sua memória;
Que, seja qual for o decreto dos céus, deve ele sofrer,
Seu destino é amá-la até o último suspiro;
E que, se algo sufoca suas investidas,
É o devido respeito que ele tem por meus méritos."

São essas suas próprias palavras; e, longe de culpá-lo,
Acho-o um homem honesto e me apiedo dele por amá-la.

ISABEL, *falando baixo*
Seus ardores não enganam minha crença secreta,
E seus olhares sempre me declararam sua pureza.

SGANARELLO
O que está dizendo?

ISABEL
O quão difícil é para mim que o senhor sinta tanta pena
De um homem que odeio tanto quanto a morte;
E que, se o senhor me amasse como diz fazer,
Sentiria então a afronta com que suas investidas me ferem.

SGANARELLO
Mas ele não sabia de suas inclinações,
E, pela honestidade de suas intenções,
Seu amor não mereceria...

ISABEL
Essa agora é boa,
Diga-me, desejar corromper a gente

Faz decente o homem cujos planos sugerem

Casar-se comigo à força, removendo-me de suas mãos?

Como se eu fosse mulher a suportar a vida

Depois de me fazer tamanha infâmia!

SGANARELLO

Mas como?

ISABEL

Sim, sim; eu sabia que esse amante traidor

Falava de me cativar com um sequestro;

E ainda ignoro as conversas secretas

Que lhe instruíram do plano que o senhor elaborou

De me tomar a mão dentro de oito dias, o mais tardar,

Já que apenas ontem me revelou o senhor tais planos;

Mas quer ele evitar, assim diz, o dia

Em que nossos destinos enfim se unirão.

SGANARELLO

Isso não quer dizer nada.

ISABEL

Ah, que me perdoe!

É um homem tão honesto, e não se apieda de mim?

SGANARELLO

Ele está enganado; por isso tudo não passa de chacota.

ISABEL

Ora, ora, sua gentileza ampara a loucura dele;
Se tivesse ele visto o senhor lhe falando duramente,
Temeria sua fúria e meu ressentimento,
Pois, mesmo depois de ter sua carta desprezada,
Revelou-lhe suas intenções, para minha repulsa;
E seu amor conserva, como bem sei,
A crença de que é bem recebido em meu coração,
De que escape de nosso casamento, mesmo que todos o tenham como certo,
E de que se verá me puxar de suas mãos com toda a alegria.

SGANARELLO

Ele é louco!

ISABEL

Na sua frente ele sabe bem disfarçar,
E sua intenção é entretê-lo.
Creia que, por essas belas palavras, o traidor lhe engana.
Estou muito infeliz, devo admitir,
Que com todo o cuidado que tive para me manter honrada,
Rejeitando os desejos de um covarde aliciador,
Tenho que me ver exposta a tão desagradáveis surpresas
E testemunhar as infames ações que são feitas contra mim!

SGANARELLO

Vamos, não tenha medo.

ISABEL

De minha parte, vou lhe dizer,

Se o senhor não se rebelar contra uma traição tão ousada

E não encontrar logo maneira de me livrar

Dessas imprudentes perseguições,

Tudo abandonarei e renunciarei à ira

De sofrer os insultos que dele recebo.

SGANARELLO

Não se aflija tanto, minha menininha,

Vou encontrá-lo e lhe dizer poucas e boas.

ISABEL

Diga-lhe ao menos que ele negaria em vão,

Que foi por gente confiável que soube de seus planos;

E que, depois de seu conselho, não importa o que ele tente,

Ouso desafiá-lo a tentar me surpreender;

E, por fim, sem perder mais suspiros e momentos,

Ele deve saber por você quais são meus sentimentos,

E também, se não quer ele ser causa de infortúnios,

Que não repita outra vez o que já fez.

SGANARELLO

Direi o que for preciso.

ISABEL

Mas tudo isso tem um tom

Que deve mostrar que meu coração lhe fala com seriedade.

SGANARELLO

Muito bem, não me esquecerei de nada, dou-lhe minhas garantias.

ISABEL

Aguardo seu retorno com impaciência;

Apresse-o, por favor, com todas as suas forças.

Definho quando me vejo um só instante sem o senhor.

SGANARELLO

Sim, minha queridinha, meu coração, retorno muito em breve.

Cena XII

SGANARELLO

Há por acaso pessoa mais sábia e mais correta?

Ah, como estou feliz! Como estou satisfeito!

Afinal encontrei uma mulher de acordo com minhas vontades!

Sim! É assim que as mulheres devem ser,

E não — como já vi muitas — tal qual as francas sedutoras

Que se conta aos montes e que fazem toda a Paris

Apontar o dedo para seus honestos maridos.

Ele bate à porta de Valério

Olá, nosso galã das belas empreitadas!

Cena XIII
VALÉRIO, SGANARELLO, ERGASTO

VALÉRIO
Meu senhor, o que o traz de volta a estas paragens?

SGANARELLO
Suas tolices.

VALÉRIO
Como assim?

SGANARELLO
O senhor sabe muito bem do que venho falar.
Achei que fosse mais sábio, ao não lhe esconder nada,
Veio o senhor me agradar com suas belas palavras,
Conservando suas fúteis esperanças à mão.
Pois vê, quis tratá-lo com gentileza,
Mas acabou por me forçar a, por fim, estourar.
O senhor não tem vergonha de ser o que é,
Por ter em mente os planos que arquitetou?
Por pretender sequestrar uma dama honrada,
E prejudicar um casamento que lhe trará muita felicidade?

VALÉRIO
Quem lhe contou, senhor, tão estranha notícia?

SGANARELLO
Não vamos fingir, soube por Isabel
Que me pediu para intervir, em última instância,

Para lhe fazer ver de uma vez por todas qual é sua escolha;
Que seu coração, inteiramente meu, ofende-se com tal plano,
Que ela prefere morrer a sofrer tamanha insolência
E que causará terríveis danos,
Se não acabar com tamanha confusão.

VALÉRIO

Se é verdade que ela disse o que acabo de ouvir,
Confesso que meu ardor não tem mais nada a pedir;
Com palavras tão claras, posso tudo ver.
E devo reverências à resistência que ela me tem.

SGANARELLO

Se... Então duvida e toma como mentiras
Tudo o que lhe relatei por parte dela?
Quer então que ela mesma explique seu coração?
Concordo de bom grado, para tirá-lo do erro.
Siga-me, o senhor verá se não digo a verdade,
E se seu coração jovem entre nós dois pende.

Ele vai bater à porta dela.

Cena XIV

ISABEL, SGANARELLO, VALÉRIO, ERGASTO

ISABEL

Mas, o quê? O senhor o traz até aqui? Com qual propósito?
O senhor toma seus interesses pela mão, contra mim?

Está, pois, encantado por seus raros méritos,
A ponto de me obrigar a amá-lo e tolerar suas visitas?

SGANARELLO

Não, minha querida, seu coração me é muito caro para isso:
Mas ele toma minhas palavras por contos de fadas,
Acredita que sou eu quem fala, e não você, por comitê,
Cheia de ódio por ele e de ternura por mim;
E foi por você que quis, de uma vez por todas,
Tirá-lo do erro que nutre seu amor.

ISABEL, *para Valério*

Mas, o quê? Minh'alma a seus olhos não se mostra por completo
E dos meus desejos uma vez mais pode o senhor ter dúvidas?

VALÉRIO

Sim, tudo que o senhor me disse de sua parte,
Madame, tem o poder de surpreender toda mente:
Duvidei, confesso; e este julgamento supremo,
Que decide o destino do meu amor supremo,
Deve me tocar o suficiente para não me ferir,
Para que meu coração possa por duas vezes renunciá-lo.

ISABEL

Não, não, esse julgamento não deve surpreendê-lo,
São meus sentimentos que o senhor fê-lo ouvir;
E os mantenho com base em tamanha equidade,
A ponto de trazer à tona toda a verdade.
Sim, quero que todos saibam, e devo acreditar

Que o destino oferece aqui dois objetos à minha vista,
Que, inspirando-me ambos diferentes sentimentos,
Do meu coração agitado surgem vários movimentos.
Um deles, por uma escolha justa em que me interessa a honra,
Toda a minha estima e toda a minha ternura,
E o outro, pelo preço de sua afeição,
Toda a minha cólera e toda a minha aversão.
A presença de um me é agradável e querida,
Recebo em minh'alma uma alegria completa;
E o outro, só de o olhar, inspira em meu coração
Movimentos íntimos, de ódio e horror.
Ver-me esposa de um é tudo que desejo,
E, se pertencesse ao outro, minha vida me seria tirada.
Mas basta de mostrar meus verdadeiros sentimentos,
E definhar em demasia nestes severos tormentos;
É preciso que aquele a quem amo, com diligência,
Faça o que eu odeio perder toda a esperança
E que um casamento feliz liberte meu destino
De uma tortura mais terrível do que a própria morte.

SGANARELLO

Sim, minha lindinha, só penso em cumprir com suas expectativas.

ISABEL

É a única maneira de me fazer feliz.

SGANARELLO

E o será muito em breve.

ISABEL
    Sei que é vergonhoso às mulheres
    Ter que explicar seus desejos com tamanha liberdade.

SGANARELLO
    Nem tanto, nem tanto.

ISABEL
    Mas, no estado em que se encontra meu destino,
    Tais liberdades devem me ser permitidas;
    E posso, sem corar, fazer tão doce confissão
    Àquele que já considero meu marido.

SGANARELLO
    Sim, minha pobre menininha, filhinha de minh'alma!

ISABEL
    Por favor, deixe que ele ateste seu ardor por mim!

SGANARELLO
    Sim, tome, beije minha mão.

ISABEL
    Que, sem mais suspiros,
    Ele conclua um casamento que atende a todos os meus desejos
    E receba neste lugar o voto que lhe dou
    De jamais fazer as vontades de mais ninguém.
    Ela finge beijar Sganarello e dá a mão para que Valério a beije.

SGANARELLO
    Ai, ai, meu narizinho, pobre bonequinha,
    Não definhará por muito tempo, garanto-lhe.

Para Valério
Vá embora, suma! Vê, não preciso mais nada dizer:
É apenas por mim que sua alma respira.

VALÉRIO
Bom, madame, muito bom, basta de explicações;
Vejo, por suas palavras, o que me incita a fazer,
Em breve saberei como remover de sua presença
Aquele que lhe causa tamanha violência.

ISABEL
O senhor não poderia me dar maior prazer,
Pois afinal esta visão é horrível de se ver,
É-me muito odiosa, causa-me um horror tão forte...

SGANARELLO
Ei! Ei!

ISABEL
Ofendo-o falando assim?
Por acaso faço...?

SGANARELLO
Meu Deus! Não, não estou dizendo isso;
Mas não posso mentir, tenho pena de seu estado,
E seu ódio se mostra muito exagerado.

ISABEL
Não sou capaz de mostrar menos do que sinto.

VALÉRIO

Sim, será muito feliz, pois em três dias seus olhos

Não verão mais o objeto que lhe causa tanto ódio.

ISABEL

No tempo certo! Adeus!

SGANARELLO, *para Valério*

Tenho pena do seu infortúnio;

Mas...

VALÉRIO

Não, o senhor não ouvirá nenhuma reclamação de meu coração,

A senhora certamente faz justiça a ambos,

E vou me esforçar para cumprir seus desejos.

Adeus.

SGANARELLO

Pobre garoto! Sua dor é extrema.

Vamos, dê-me um beijo; receba-o como se fosse dela.

Ele beija Valério.

Cena XV

ISABEL, SGANARELLO

SGANARELLO

Sinto muitíssimo por ele.

ISABEL

Ora, não é o caso.

SGANARELLO

Além do mais, seu amor me toca intimamente,
Minha querida, e gostaria que ele tivesse alguma recompensa.
Mas se oito dias são demais para sua impaciência,
Então amanhã nos casaremos, e não se fala mais nisso.

ISABEL

Amanhã?

SGANARELLO

Por pudor, você finge medo.
Mas sei bem a alegria que minhas palavras lhe dão,
Já que gostaria tanto que o enlace já estivesse realizado.

ISABEL

Mas...

SGANARELLO

Para o casamento prepararemos tudo.

ISABEL, *à parte*

Ó, céus! Inspirem-me com algo que poderá impedi-lo.

TERCEIRO ATO

Cena I
ISABEL

Sim, morrer cem vezes parece me causar menor temor,
Do que esse fatal casamento que querem me impor;
E tudo que fiz para escapar de seus rigores
Deve encontrar algum revés junto a meus censores.
O tempo se esgota, a noite se aproxima; sem medo algum,
Devo à fé de um amante comprometer minha fortuna.

Cena II
SGANARELLO, ISABEL

SGANARELLO, *falando aos que se encontram em sua casa*
Já retorno e vamos, amanhã, de minha parte...

ISABEL
Ó, céus!

SGANARELLO
É você, lindinha? Aonde vai assim tão tarde?
Havia me dito que, como estava cansada, em seu quarto

Iria se trancar, quando lá a deixei;
E afirmou que até meu retorno
Sofreria em paz, esperando o dia seguinte.

ISABEL
É verdade, mas...

SGANARELLO
O quê?

ABEL
O senhor me vê confusa,
E não sei como me justificar.

SGANARELLO
Do que se trata, então? O que poderia ser?

ISABEL
Um segredo surpreendente:
É minha irmã que me obriga a sair imediatamente,
E por um motivo que me faz culpá-la enormemente,
Pediu-me meu próprio quarto, onde agora a tranquei.

SGANARELLO
Mas como?

ISABEL
Parece inacreditável, mas ela ama o amante
Que acabamos de banir.

SGANARELLO
Valério?

ISABEL

Loucamente.
Trata-se de uma emoção tão grande que ela nem parece a mesma.
E o senhor pode julgar seu poder supremo,
Já que sozinha, a esta hora, veio ela até aqui
Por lhe terem revelado que seu amante ama a mim,
Veio me dizer que perderá sua vida,
Se sua alma não tiver o objeto de seu desejo;
Que, há mais de um ano, vive esse ardor;
Em mútuo segredo mantinha seu coração entretido,
E que ainda que tal paixão fosse nova,
Tinha fé que ambos queriam casamento.

SGANARELLO

Mas que travessa!

ISABEL

E, ao saber do desespero
Em que lancei aquele que ama,
Vem me implorar que a paixão que sente
Possa impedir uma partida que romper-lhe-ia a alma,
Tomando-me o nome, conteria o amante esta noite:
Pela ruela que dá para o meu quarto,
Ilustraria, com uma voz que imita a minha,
Alguns doces sentimentos, cujo encanto o reteria,
E, por fim, a ela habilmente transportaria
O que se sabe que ele sente por mim.

SGANARELLO

    E você acha que...

ISABEL

    Eu? Estou furiosa com tudo isso.
    O quê? Minha irmã, disse eu, você não passa de uma tola?
    Você não enrubesce por ter se apaixonado tanto
    Por esse tipo de gente que muda a cada dia,
    Por ter esquecido seu sexo e arruinado as esperanças
    Do homem cuja aliança os céus lhe haviam dado?

SGANARELLO

    Meu irmão merece, e fico muito feliz com tudo isso.

ISABEL

    Enfim, já há centenas de razões para meu desprezo,
    Para censurá-la por tamanhas baixezas
    E para poder esta noite rejeitar seus pedidos;
    Mas ela me fez ver vontades tão prementes,
    Derramou tantas lágrimas, soltou tantos suspiros,
    Falou tanto do desespero que levaria sua alma
    Caso eu recusasse o que sua paixão exige
    Que, mesmo sem querer, meu coração se viu reduzido
    A ponto de justificar essa intriga noturna,
    E já que meu sangue me fez conceder tal ternura,
    Decidi vir me deitar no aposento de Lucrécia,
    A quem o senhor tanto elogia as virtudes,
    Mas, com seu retorno imediato, pegou-me de surpresa.

SGANARELLO

    Não, não quero nenhum segredo em minha casa.

    Poderia consenti-lo por conta de meu irmão,

    Mas você poderia ser vista por alguém de fora;

    E àquela a quem devo honrar com todo o meu corpo

    Não apenas deve ser pudica e bem educada,

    Como também não deve causar suspeitas.

    Vamos atrás da infame, e de sua paixão...

ISABEL

    Ah, o senhor lhe traria muita confusão,

    E, com razão, ela poderia reclamar

    Da falta de discrição com que soube agir;

    Já que devo afastá-la de seus planos,

    Ao menos espere até que a tire de meu quarto.

SGANARELLO

    Muito bem, vá fazê-lo.

ISABEL

    Mas, acima de tudo, rogo-lhe que se esconda.

    E, sem lhe dizer nada, evite ver sua saída.

SGANARELLO

    Sim, pelo amor que lhe tenho, conterei minhas emoções,

    Mas, assim que ela estiver fora de minha casa,

    Quero, sem demora, ir encontrar meu irmão:

    Terei prazer em correr para lhe contar tudo.

ISABEL

    Imploro-lhe, então, que não diga meu nome.
    Boa noite, pois vou agora mesmo me retirar.

SGANARELLO, *sozinho*

    Até amanhã, minha querida... Com que urgência
    Devo ver meu irmão e lhe relatar seu destino!
    Aquele homenzinho se acha o deus Sol,
    E não mantém ao redor seus planetas.

ISABEL, *de dentro da casa*

    Sim, sinto o desagrado a seus planos,
    Mas o que você quer, minha irmã, é-me impossível;
    Minha honra, que me é cara, corre muitos riscos.
    Adeus. Saia antes que seja tarde demais.

SGANARELLO

    Acho que já partiu, aquela bela peste;
    Para que não volte, melhor trancar a porta.

ISABEL, *saindo*

    Ó, céus! Não me abandonem em meus planos!

SGANARELLO

    Aonde será que ela vai? Vou seguir seus passos.

ISABEL, *à parte*

    Com toda essa confusão, ao menos a noite me favorece.

SGANARELLO, *à parte*

Na casa do galã! O que ela pretende?

Cena III
VALÉRIO, ISABEL, SGANARELLO

VALÉRIO, *saindo abruptamente*

Sim, sim, quero tentar algo esta noite
Para falar... Quem está aí?

ISABEL, *para Valério*

Não faça barulho,
Valério, está avisado: sou eu, Isabel.

SGANARELLO

Está mentido, essa cadela: não é ela.
Da honra que você foge ela não desconhece as leis,
E você falsamente toma seu nome e imita sua voz.

ISABEL, *para Valério*

Mas, a menos que eu o visse, por um casamento sagrado...

VALÉRIO

Sim, esse é o único objetivo que tem meu destino,
E lhe dou minha palavra que, a partir de amanhã,
Vou aonde quiser que eu receba sua mão.

SGANARELLO, *à parte*

Pobre tolo, que é enganado!

VALÉRIO

Entre sem medo.

Do seu tolo Argos[19], admiro o poder;

E, antes que ele possa arruinar minha paixão,

Meu braço, com mil golpes, perfuraria seu coração.

Cena IV
SGANARELLO

Ah, prometo-lhe que realmente não quero

Arruinar o infame objeto de suas paixões;

Pois do dom de sua fé não tenho ciúmes,

E, se eu nada fizer, você acabará marido dessa.

Sim, vamos surpreendê-lo com essa atrevida,

Pois a memória do pai deve ser respeitada,

Assim como o interesse que tenho por sua irmã,

Tentemos pelo menos lhe restituir a honra.

Olá!

Ele bate à porta do delegado.

---

19 Argos Panoptes, na mitologia grega, era um gigante com cem olhos, nomeado pela deusa Hera para vigiar Io, que havia sido transformada em ovelha pelo marido, o deus Zeus. Enquanto dormia, metade dos olhos se fechava e descansava enquanto a outra metade vigiava. (N. do T.)

Cena V
SGANARELLO, DELEGADO, ESCRIVÃO, TOCHEIRO (COM UMA TOCHA)

DELEGADO
Quem é?

SGANARELLO
Olá, senhor delegado.
Sua presença se faz aqui necessária,
Por favor, siga-me com sua lucidez.

DELEGADO
Estávamos de saída...

SGANARELLO
Trata-se de uma situação urgente.

DELEGADO
O quê?

SGANARELLO
Devemos entrar ali e surpreendê-los juntos
Duas pessoas que um belo casamento deve unir;
Ela é uma de nossas meninas, que, iludida,
Um tal Valério seduziu, levando-a para casa.
Vem de família nobre e virtuosa,
Mas...

DELEGADO
Se é por isso, a ocasião é oportuna,
Visto que temos aqui um escrivão.

SGANARELLO

O senhor?

ESCRIVÃO

Sim, sou escrivão da corte.

DELEGADO

E, além disso, um homem muito honrado.

SGANARELLO

Isso é evidente. Entre por essa porta,

Com calma, tomando cuidado para que ninguém saia;

O senhor ficará completamente satisfeito com os numerários,

Mas faça o favor de, ao menos, não aceitar nenhum suborno.

DELEGADO

Mas o quê? O senhor então acredita que um homem da justiça...

SGANARELLO

O que digo não é para ofender seu ofício.

Trarei meu irmão rapidamente,

Peço-lhe que a tocha me ilumine somente.

À parte

Vou fazê-lo feliz, esse manso homem.

Olá!

Bate à porta de Aristo.

Cena VI

ARISTO, SGANARELLO

ARISTO

Quem bate? Ah, ah, o que você quer, meu irmão?

SGANARELLO

Venha, belo mentor, antiquado cavalheiro!
Quero que veja algo muito belo.

ARISTO

Como assim?

SGANARELLO

Trago-lhe boas notícias.

ARISTO

O quê?

SGANARELLO

Por obséquio, diga-me onde está sua Leonor.

ARISTO

Por que essa pergunta? Ela está, creio eu,
Em um baile na casa de uma amiga.

SGANARELLO

Ah, sim, sim! Siga-me,
E verá a que baile foi a donzela.

ARISTO

O que está me dizendo?

SGANARELLO

Ensinou-lhe muito bem.
Não é bom viver com um censor muito severo,
Ganha-se as mentes com extrema doçura;
E árduos cuidados, ferrolhos e portões,
Não geram virtude em mulheres e meninas;
Nós as criamos mal com tanta austeridade,
Pois seu sexo requer um pouco de liberdade.
Pois bem! Ela se saciou à larga, a astuta,
E a virtude nela é algo bastante refinado.

ARISTO

Aonde vai dar, afinal, essa conversa?

SGANARELLO

Ora, ora, meu irmão mais velho, tudo isso lhe é
muito apropriado;
E eu não trocaria nem por vinte boas pistolas,
O prazer de o ver colher os frutos de seus loucos preceitos;
Vê-se bem o que em duas irmãs nossas lições produziram:
Uma foge do galã, enquanto a outra o persegue.

ARISTO

Se você não me esclarecer logo esse enigma...

SGANARELLO

O enigma é que o tal baile é na casa do Senhor Valério;

Pois, de madrugada, vi-a conduzir até ali seus passos,

E, neste momento, lá está ela em seus braços.

ARISTO

Quem?

SGANARELLO

Leonor.

ARISTO

Pare de brincadeiras, por favor.

SGANARELLO

Estou brincando... Como ele é bom piadista!

Pobre alma! Estou lhe dizendo e direi novamente

Que Valério, em sua própria casa, tem nas mãos sua Leonor,

E que prometeram um ao outro mútua confiança,

Antes que ele sequer pensasse em assediar Isabel.

ARISTO

Essa conversa não tem pé nem cabeça...

SGANARELLO

Ele não acreditará em mim sem que possa ver.

Como me irrita! Francamente, a idade é de pouca utilidade

Quando não temos isto aqui.

Aponta o dedo para a testa.

ARISTO

O quê? Quer dizer então, meu irmão...

SGANARELLO

Meu Deus! Não quero nada. Apenas me siga,

Sua alma sossegará muito em breve,

E verá se minto, e se não se prometeram fidelidade,

Unindo seus corações, há mais de um ano.

ARISTO

Como pôde, sem me prevenir,

Consentir com tal compromisso?

A mim, que tudo que fiz, desde sua infância,

Foi lhe mostrar total complacência,

E que cem vezes só fiz afirmar

Que nunca impediria suas inclinações!

SGANARELLO

Enfim, seus próprios olhos julgarão o caso.

Já trouxe comissário e tabelião:

É de nosso interesse que o casamento

Repare imediatamente a honra perdida;

Porque não creio que você seja tão tolo

A ponto de querer desposar aquela peste.

Se ainda não tem suficientes motivos

Para se mostrar superior a tamanha provocação.

ARISTO

    Eu? Nunca demonstrarei igual fraqueza

    De querer possuir um coração contra a vontade.

    Mas, enfim, ainda não posso crer...

SGANARELLO

    Nada mais que bravata!

    Vamos logo que o tal caso continua.

Cena VII

SGANARELLO, ARISTO, DELEGADO, ESCRIVÃO

DELEGADO

    Aqui não será preciso o uso de força,

    Cavalheiros; e, se apenas desejam casamento,

    Suas emoções neste lugar podem se acalmar.

    Ambos concordam com o enlace,

    E Valério, no que lhe diz respeito,

    Já assinou que tomará por esposa aquela que lá dentro está.

ARISTO

    A menina...

DELEGADO

    Permanece lá dentro e não quer sair,

    A menos que os senhores aprovem seus desejos.

Cena VIII
VALÉRIO, DELEGADO, ESCRIVÃO, SGANARELLO, ARISTO

VALÉRIO, *à janela de sua casa*
Não, meus senhores; aqui ninguém entrará,
Pois tal desejo nunca foi o meu.
Os senhores sabem quem sou, e cumpri meu dever
Assinando a confissão que todos podem ver.
Se for de sua intenção aprovar essa aliança,
Suas mãos também podem me firmar sua garantia;
Caso contrário, arrebatarão minha vida,
Muito antes de me tirar aquela que amo.

SGANARELLO
Não, sequer pensamos em separá-lo dela.
Falando baixo, à parte
Ele ainda não percebeu que não se trata de Isabel:
Vamos aproveitar tal erro.

ARISTO, *para Valério*
Mas se trata de Leonor?

SGANARELLO, *para Aristo*
Cale-se.

ARISTO
Mas...

SGANARELLO
Quieto!

ARISTO

Quero saber...

SGANARELLO

Mas de novo?
Ficará em silêncio? Então lhe digo.

VALÉRIO

Afinal, o que quer que aconteça,
Isabel, confie em mim; também confio em você.
E, depois de tudo, para mim não há possibilidade,
Que a condenem por um motivo qualquer.

ARISTO, *para Sganarello*

Mas o nome que ele disse não foi...

SGANARELLO

Cale a boca, ele tem seus motivos,
Você saberá o porquê. Mas não diga mais nada,

Para Valério

Nós dois consentimos que o senhor seja o esposo
Desta que, neste momento, encontra-se em sua casa.

DELEGADO

E justamente nesses termos tudo será ajustado,
Com o nome em branco por não a termos visto.
Assinem. Depois dos senhores, a menina há de firmar.

VALÉRIO

Concordo que assim seja feito.

SGANARELLO

É o que mais quero.

À parte, falando alto
Riremos muito mais tarde.

Assine aí então, meu irmão,
Tal honra lhe pertence.

ARISTO

Mas... Para que tanto mistério...?

SGANARELLO

Caramba! Mas quantas perguntas! Assine, pobre imbecil.

ARISTO

Ele fala de Isabel e você, de Leonor.

SGANARELLO

E por acaso não concorda, meu irmão, sendo ela,
De deixá-los entregues à sua mútua confiança?

ARISTO

Sem dúvida que concordo.

SGANARELLO

Assine, então; farei o mesmo.

ARISTO

Que seja. Não entendo mais nada.

SGANARELLO

Em breve, entenderá.

DELEGADO
Voltaremos logo mais.

SGANARELLO, *para Aristo*
Bom, então vou lhe contar
O fim desta trama.

Ambos se retiram para o fundo do teatro.

Cena IX
LEONOR, SGANARELLO, ARISTO, LISETE

LEONOR
Mas que terrível martírio!
Como soam irritantes esses jovens tolos!
Saí às escondidas do baile por causa de seus afetos.

LISETE
Ao seu lado, todos querem soar agradáveis.

LEONOR
E eu nunca vi nada mais insuportável;
Preferiria a mais simples das conversações
Em vez dos contos de fada desses bajuladores fúteis.
Acreditam que todas vão ceder às suas perucas loiras
E pensam que têm a melhor conversa do mundo,
Quando vêm, com seu tom zombeteiro,
Ralhar tolamente do amor de um velho;
Justo a mim, que tenho maior zelo pelos homens maduros

Do que por todas as belas emoções de uma mente jovem.
Mas o que vejo ali...?

SGANARELLO, *para Aristo*

E assim tudo se passou.

Vendo Leonor

Ah, já a vejo ali, junto a sua camareira.

ARISTO

Leonor, sem ira, tenho motivos para reclamar.
Por acaso alguma vez quis forçá-la,
Já que mais de cem vezes insisti
Em dar às suas vontades plena liberdade?
No entanto, seu coração, desprezando meu apoio,
Sem meu conhecimento, compromete-se de amor e fé.
Não me arrependo de meu gentil tratamento,
Porém sua atitude certamente me emociona,
Pois é algo que eu não merecia,
Dada a terna amizade que lhe ofertei.

LEONOR

Não sei do que o senhor está falando;
Mas acredite que sou a mesma de sempre,
Que nada pode alterar minha estima pelo senhor,
Que qualquer outra amizade me pareceria um crime
E que, se quiser realizar meus desejos,
Amanhã mesmo o enlace sagrado nos há de unir.

ARISTO

    Pois então, baseado em que veio você, meu irmão...?

SGANARELLO

    Mas, o quê? Não saiu você da casa de Valério?
    Não lhe revelou ainda hoje seus amores?
    E não arde por ele há um ano?

LEONOR

    Quem lhe fez tão belas pinturas de mim,
    E com tanto cuidado forja tais mentiras?

Cena X

ISABEL, VALÉRIO, ARISTO, SGANARELLO, DELEGADO, ESCRIVÃO, LISETE, ERGASTO

ISABEL

    Minha irmã, peço-lhe seu generoso perdão,
    Se, com minhas liberdades, manchei seu nome.
    O premente embaraço de uma surpresa extrema
    Há pouco tempo me inspirou este vergonhoso estratagema:
    Seu exemplo condena tal comportamento,
    Mas o destino nos tem tratado de maneiras diferentes.

Para Sganarello

    Ao senhor, não tenho desculpas a dar:
    Faço-lhe muito mais um favor do que uma tirania.
    O céu não nos fez para que fiquemos unidos,

Reconheci-me indigna de seus desejos

E preferi me ver nas mãos de outro

A não merecer um coração como o seu.

VALÉRIO, *para Sganarello*

Quanto a mim, desapego-me de minhas glórias e de meu soberano bem,

Simplesmente para meu senhor poder o cumprimentar.

ARISTO

Meu irmão, é melhor tudo digerir devagar:

De tal ação seus métodos são a causa;

Mas vemos neste momento sua desgraça

E, vendo-o traído, ninguém de nada lhe culpará.

LISETE

Francamente, sou-lhe grata por este caso;

O preço de tanto cuidado lhe deve ser exemplar.

LEONOR

Não sei se tal exemplo o fará mais estimado;

Mas sei bem que, pelo menos, não poderei culpá-lo.

ERGASTO

Ao destino de ser corno seu irmão mais velho o expôs,

E essa prova de imaturidade lhe é muito doce.

SGANARELLO, *saindo da tristeza em que mergulhara*
Não, não posso escapar ao meu espanto.
Essa deslealdade confunde meu julgamento,
E acredito que nem o próprio Satanás
Poderia ser tão perverso quanto essa traidora.
Teria colocado minha mão no fogo por ela.
Miserável o que confiar em uma mulher depois dessa!
A melhor delas está sempre à beira de um ardil,
Trata-se de um sexo feito para a todos amaldiçoar;
Renuncio a esse gênero enganoso para todo o sempre,
E, de bom grado, mando tudo ao diabo!

ERGASTO
Muito bem.

ARISTO
Vamos todos para minha casa. Venha, senhor Valério;
Amanhã tentaremos aplacar sua raiva.

LISETE, *na plateia*
Se algum de vocês conhece algum marido lobisomem,
Traga-o, ao menos, para vir estudar em nossa escola.

ESCOLA DE MULHERES

Tradução: Lana Penna

INTRODUÇÃO[1]

Encenada pela primeira vez em 26 de dezembro de 1662, em Paris, no Teatro Palais-Royal.

E eis então Molière casado. As imperfeições da espécie humana, ainda mais vívidas e flagrantes na associação de dois seres dependentes um do outro, parecem-lhe formidáveis. Ele já conta 41 anos e a esposa, 18; ele se mostra taciturno e contemplativo, ela é sedutora e carece de princípios. Ele nem mesmo porta o nome do pai, Poquelin; afinal, trata-se apenas de um ator.

Bela, admirada e vaidosa, filha de um fidalgo, ela se vê rodeada de cavalheiros cujos títulos e pretensões brilham como suas espadas. Armande teve uma educação nômade, criada na estrada e nas cidades que a trupe de seus pais — e de Molière — visitava. Foi essa pequena Armande que, desde a idade de 13 anos, Molière embalara sobre os joelhos e cuja mente ele aperfeiçoara, treinando-a para o palco; e foi ela quem brilhou ao lado de marqueses, da elegância e do luxo, sem praticamente dar ouvidos aos conselhos dados por esse diretor

---

1 Como na introdução de "Escola de Maridos", escrita por Philarète Chasles (1798-1873). (N. da T.)

de companhia enterrado em livros antiquados ou no estudo de seus personagens, alguém que sempre lhe parecera um pai ou tutor.

E Molière chorava — algo que lhe sucedia com frequência, como ele próprio confessa em uma carta a Le Vayer[2]. Dizem as más-línguas que, incapaz de expulsar os tais marqueses de casa, tampouco proteger a esposa das ousadas investidas com que a assediavam, ele foi tomado pelo desespero logo depois de se casar, seguindo o rei até a região de Lorraine; algo impossível, já que o rei ainda não havia partido até o início do ano de 1663.

De qualquer maneira, em 1662, o lar já se mostrava conturbado. Armande não figurará na nova peça que o autor vislumbra. Molière sofria muitíssimo e, como é próprio dos gênios, percebe o lado cômico de seu sofrimento.

Devorado por dolorosas paixões, recriminando-se por sua fraqueza, impossibilitado de vencer as próprias limitações, ciente das imperfeições da humanidade e dos impulsos irresistíveis da sedução feminina, acaba por tomar uma estranha resolução: torna-se personagem de sua obra e zomba do amor involuntário que se tornara sua obsessão. Essa situação dá ao seu novo trabalho um toque caloroso e colorido. Ele sacrifica e condena a si mesmo, àquele que enfrentou de modo tão resoluto um casamento que desfrutava das condições mais desfavoráveis. Assume com ainda mais vigor o combate da juventude contra a velhice, da natureza contra a sociedade, da indulgência contra o rigor, da mulher contra seus senhores.

---

2 François de La Mothe Le Vayer (1588-1672) foi um escritor francês conhecido pelo pseudônimo Orosius Tubero. Foi admitido na Académie Française, em 1639, e se tornou tutor do rei Luís XIV. (N. do T.)

Tanto Cervantes, em sua encantadora novela *Le Jaloux*[3] como, depois dele, Scarron, com sua *La Précaution Inutile*[4], já haviam estabelecido que as mulheres mais ignorantes sabem muito bem atrair os homens mais habilidosos para suas armadilhas e que, mesmo se casando com uma tola, ninguém mais estaria protegido contra todos os perigos do matrimônio. Molière, então, fecunda aquela semente antiga. No centro de sua obra aparece o tutor que toma inúmeros, e inúteis, cuidados para frear qualquer libertinagem desvairada e conquistar uma jovem presa. Trata-se de um egoísta, um cínico; exige dos outros uma moralidade que o beneficia e reserva para si a exploração das imoralidades que são de seu agrado. Erudito e antigo mestre em elaborar artimanhas, seguro de si como qualquer velhaco, déspota na vida privada, sem o mínimo respeito pela liberdade dos outros ou pelos direitos dos mais fracos, teórico da prudência e homem de dogmas, ele tem a solução para todos os males. Não se trata de um verdadeiro crente, muito menos de um homem honesto. Às profundezas de sua alma falta caridade e modéstia, as profundezas de sua mente carecem de princípios e equidade. Ele não se apieda dos fracos nem acredita na honestidade; de bom grado, coleciona histórias sórdidas e confia na própria astúcia para frustrar qualquer tentativa de enganá-lo. Apesar de seus meticulosos princípios, os criados se riem dele; em sua ausência, mesmo que breve, toda a casa se põe em desordem, e a presa que ele tanto cobiça acaba por escapar de suas mãos. Esse velho astuto que aspira a uma vida mundana não se satisfaz mais com o nome de

---

3 "O Ciumento", em francês. No original em espanhol, *El Celoso Extremeño* (*"O Ciumento de Extremadura"*), novela de Miguel de Cervantes (1547-1616) publicada em 1613. (N. do T.)

4 "A Precaução Inútil", de Paul Scarron (c. 1610-1660), poeta, novelista e dramaturgo francês. (N. do T.)

Arnolfo[5]; ele quer se tornar Monsieur de la Souche. Rico e querendo se fazer passar por um cortesão, ele imagina que tudo o mais deve dar lugar aos assuntos de sua finesse cinquentenária, afirmando não lhe ser possível se juntar à fraternidade de Santo Arnolfo (nome dos maridos traídos na Idade Média). Assim, ele usa a religião para proteger seus vícios e faz ressoar as ameaças do inferno na esperança de submeter à sua decrepitude a viçosa jovem que se tornara sua escrava em nome de Deus e da lei. Quão agradável é ver um ser tão ingênuo cair em suas próprias redes! Tomado por uma paixão febril, ele torna trágica sua frustração quando — diante da natureza, seus instintos e forças vitais — todos os truques e projetos que empreende caem por terra e são eclipsados. Já com Sganarello[6], vê-se estratagemas premeditados, pensamentos lascivos, uma personalidade hipócrita; nos jovens da peça, por sua vez, vê-se generosidade, delicadeza, amor verdadeiro. A menina criada na ignorância rompe sem esforço as teias do velhaco caçador de pássaros; e — uma admirável combinação inventada por Cervantes e aperfeiçoada por Molière — o cinismo do tutor obsceno encoraja o amante, impelindo-o ao sucesso.

Imaginem o espanto e o horror dos mais velhos ao presenciar tamanha audácia, e a alegria da jovem corte! Molière anuncia e prepara o lugar superior que a mulher — contida por limites rígidos ao longo da Idade Média — assumirá na nova civilização. O autor deseja que elas assumam a própria dignidade para, assim, tornar-se companheiras dos homens; a degradação de sua fraqueza, sua servidão, os cuidados tomados para mantê-las — por meio da ignorância — inferiores e

---

5 Personagem da peça Escola de Mulheres. (N. do T.)
6 Personagem da peça Escola de Maridos. (N. do T.)

incompreensíveis não preservam (diz o poeta) nem suas virtudes nem a segurança de seu senhor. É, portanto, o movimento ascendente das mulheres que Molière protege — à própria custa, é verdade. No papel ridículo de Arnolfo — que não consegue sequer encostar as mãos enrugadas nessa borboleta de asas delicadas, há mais de uma característica tomada emprestada das paixões e dores de Molière.

Os críticos se cansaram de fazer pesquisas para verificar as fontes em que Molière se baseara para completar sua obra. Difícil investigação. Uma assimilação constante aumentava sem cessar o espólio de sua genialidade. Com um tom gaulês, intensamente ácido, e uma ironia extraordinariamente vigorosa, sua nova obra lembra ao mesmo tempo Rabelais, Scarron, *Les Quinze Joies de Mariage*[7], *Les Nuits de Straparole*[8], Mathurin Régnier[9] e *A Celestina*, de Rojas[10]. Sua aptidão tão delicada foi capaz de incorporar a famosa bisbilhoteira da Idade Média sem ferir a decência, pois é na boca da ingênua que se fala, inocentemente, dos vícios desconhecidos e da incompreendida mulher degenerada.

Esse novo combate foi vencido com ainda mais brilho do que os anteriores. A ironia, a ternura e a sátira enérgica da humanidade encantavam as mentes livres e jovens. Homens elegantes, marqueses,

---

7 "As Quinze Alegrias do Casamento", texto satírico francês em prosa, publicado anonimamente em meados do século 15. Apresenta um panorama das disputas e traições conjugais. (N. do T.)

8 *Les Nuits Facétieuses* ("As Noites Espirituosas", em francês) *é uma compilação de histórias publicadas entre os anos de 1550 e 1553, sob a autoria de Giovanni Francesco Straparola (c. 1480-c. 1558), escritor renascentista italiano.* (N. do T.)

9 Mathurin Régnier (1573-1613) foi um poeta satírico francês. (N. do T.)

10 *La Celestina é uma tragicomédia escrita pelo dramaturgo espanhol Fernando de Rojas (?-1541).* (N. do T.)

mulheres estimadas, todos que se orgulhavam de sua fineza acusavam Molière de ser um cínico bufão. Falar de "tortas de creme", "louças jogadas pela janela" e "crianças puxadas pela orelha", ora essa, francamente! O duque de la Feuillade, que impunha seu gosto às beldades da corte, ao ser questionado acerca da nova peça de Molière, respondeu simplesmente — com um desdém no falar — "torta de creme". Os defensores da decência relegaram Molière à estirpe dos saltimbancos. Os mais austeros atribuíram aos sermões de Arnolfo um ataque à religião. Tudo era considerado uma ofensa à tragédia antiga, à literatura do passado. Abandonava-se o Hôtel de Bourgogne[11]; o antiquado Corneille[12], apoiado por seu irmão Thomas, ficou indignado ao perceber que as comédias atraíam mais pessoas do que Sertório, Chimena e os Horácios[13]. O polígrafo Sorel[14] — que se autodenominava Senhor de Lisle; o espirituoso e perverso De Visé[15], defensor dos marqueses; o engenhoso Boursault[16], que, para agradar às estimadas damas, colocara-se no comando dos frequentadores dos camarotes e marchara resoluto contra esse bufão que as eclipsava. Com todas as vantagens e glórias de sua conquista, Molière teve também decepções e dores. Na primeira encenação, vimos a sociedade de outrora acordar, ressurgir, tomar corpo, e tudo contra o que Molière lutara apareceu sob a figura

---

11 Antigo teatro parisiense, construído, em 1548, para a primeira trupe autorizada a encenar na capital francesa, a Confrérie de la Passion ("Confraria da Paixão"). (N. do T.)

12 Pierre Corneille (1606-1684) foi um dramaturgo francês, considerado o fundador da tragédia na França. (N. do T.)

13 Personagens das peças de Corneille. (N. do T.)

14 Charles Sorel (1602-1674), foi um romancista francês. (N. do T.)

15 Jean Donneau de Visé (1638-1710) foi um jornalista, historiador real e dramaturgo francês. (N. do T.)

16 Edmé Boursault (1638-1701) foi um dramaturgo francês, inimigo declarado de Molière. (N. do T.)

de um certo homem chamado Clapisson, que, sozinho, representava todo o exército de seus inimigos. "Ele acompanhou", diz o autor, "toda a peça com a seriedade mais sombria do mundo. Tudo o que divertia os outros lhe fazia franzir a testa; em meio às gargalhadas, ele encolhia os ombros e olhava para a plateia, entristecido. Às vezes olhava para o público com um ar rancoroso e lhe falava, em voz alta: 'Ria, plateia, ria!'. As dores desse *filósofo* representaram uma segunda comédia; ele a encenou como um homem muito elegante, diante de toda a assembleia; e todos concordam que é impossível atuar com maestria maior do que a dele." Rejeitado e exaltado, objeto de todas as conversas, matéria de diversas obras —em que sua genialidade era controversa — Molière tinha a seu favor Boileau[17], La Fontaine[18] e Luís XIV[19], que riam até lhes doerem as costelas, de acordo com o jornalista Loret[20].

O jansenismo[21] compreendeu o terrível significado dessa pretensa bufonaria. O príncipe de Conti[22], que se tornara um devoto, passou para o lado dos críticos: "Nada", diz ele em seu Tratado da Comédia e dos Espetáculos, "é mais escandaloso do que a sexta cena do se-

---

17 Nicolas Boileau-Despréaux (1636-1711) foi um poeta, tradutor, polemista e teórico da literatura francês. (N. do T.)
18 Jean de La Fontaine (1621-1695) foi um poeta e fabulista francês. (N. do T.)
19 Luís XIV (1638-1715), apelidado de "Rei Sol", foi o monarca da França de 1643 até a morte. (N. do T.)
20 Jean Loret (1600-1665), escritor e poeta francês conhecido por publicar as notícias semanais da sociedade parisiense de 1650 a 1665, no que chamou de "Gazeta Burlesca". Jean Loret é chamado de "pai do jornalismo" como resultado desses escritos. (N. do T.)
21 Doutrina religiosa inspirada nas ideias do bispo francês Cornelius Otto Jansenius (1585-1638), movimento com caráter dogmático, moral e disciplinar que assumiu também contornos políticos nos séculos 17 e 18, na França e na Bélgica. (N. do T.)
22 François Louis de Bourbon-Conti (1664-1709) foi um nobre francês. (N. do T.)

gundo ato". Fénelon[23], hostil à sensualidade materialista; Jean-Jacques Rousseau[24], que sempre preservara traços da austeridade calvinista; Bourdaloue[25], austero defensor dos princípios cristãos; e, por fim, Bossuet[26], apóstolo e ditador do catolicismo francês — todos se levantaram contra Molière. "Eis o homem", gritavam, como também o fez o jornalista Geoffroy[27] mais tarde, "que deu um novo impulso ao seu século, abalando a velha moral e quebrando os grilhões que mantinham todos obedientes ao seu Estado e a seus deveres."

Molière, à frente de uma nova sociedade — a do futuro — sentiu tanto sua força como sua fraqueza. Não só buscou a proteção de Henriqueta da Inglaterra[28] — que aceitou a dedicatória de *Escola de Mulheres* que lhe foi oferecida — como também recorreu ao rei, que lhe permitiu fazer sua defesa, chegando a lhe ordenar que o fizesse. *Crítica de Escola de Mulheres*, dedicada à rainha-mãe, e *O Improviso de Versalhes*, encenado sob ordem expressa do monarca, são na realidade apenas dois batalhões de reserva que Molière pôs em marcha para apoiar *Escola de Mulheres*.

Philarète Chasles

---

23 François Fénelon (1651-1715) foi um teólogo católico, poeta e escritor francês. (N. do T.)
24 Jean-Jacques Rousseau (1712-1778) foi um importante filósofo, teórico político, escritor e compositor autodidata suíço. (N. do T.)
25 Louis Bourdaloue (1632-1704) foi um jesuíta francês. (N. do T.)
26 Jacques-Bénigne Bossuet (1627-1704) foi um bispo e teólogo francês, um dos principais teóricos do absolutismo por direito divino, defendendo que os reis recebiam o poder diretamente de Deus. (N. do T.)
27 Julien Louis Geoffroy (1743-1814) foi um jornalista e crítico literário francês. (N. do T.)
28 Henriqueta da Inglaterra (1644-1670) era a filha mais nova do rei Carlos I da Inglaterra (1600-1649). Fugiu da corte inglesa com sua governanta com apenas 3 anos e se mudou para a corte do primo, o rei Luís XIV da França. (N. do T.)

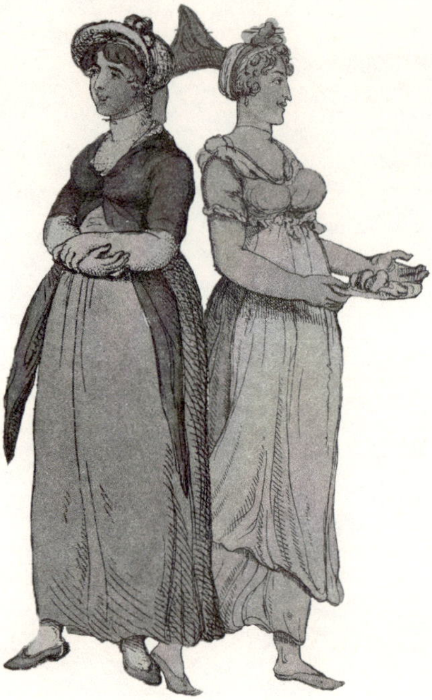

DEDICATÓRIA

À madame Henriqueta da Inglaterra, primeira esposa de monsieur, irmão de Louis XIV, neta de Henrique IV, cuja oração fúnebre foi pronunciada por Bossuet. Morreu em Saint-Cloud, no dia 30 de junho de 1670, aos vinte e seis anos de idade.

Madame,

Vejo-me como o mais embaraçado dos homens quando preciso dedicar um livro a alguém, e tão pouco habituado sou ao gênero da epístola dedicatória que nem sei como proceder. Qualquer outro autor, no meu lugar, certamente encontraria centenas de belas coisas a dizer de Vossa Alteza Real sobre o título *Escola de Mulheres* e a oferta que ele lhe faria. Mas confesso, madame, que esse é meu ponto fraco. Nada sei da arte de encontrar relação entre coisas tão pouco afins; e, por mais que meus confrades autores me deem todos os dias belas explicações sobre tais assuntos, não vejo o que Vossa Alteza Real poderia ter em comum com a comédia que lhe apresento. É claro, a dificuldade não está em como louvá-la. Motivos para tal, madame, saltam aos olhos; e, por onde quer que a olhem, o que se vê é glória sobre glória, e qualidade sobre qualidade. A senhora as tem, madame, em classe e berço, o que lhe traz respeito do mundo inteiro. A senhora as tem em charme, mente e corpo, pelo que a admiram todas as pessoas que a veem. A senhora as tem do aspecto da alma, o que, se me permite, faz com que a amem todos aqueles que têm a honra de se aproximar. Refiro-me a essa doçura cheia de charmes com a qual a senhora condescende em temperar a imponência dos grandes títulos que carrega, essa bondade benevolente, essa afabilidade generosa que a senhora demonstra a todos. E são particularmente essas últimas qualidades que mais conheço e sobre as quais sei que um dia não conseguirei mais me calar. Mas, mais uma vez, madame, não sei como trazer aqui verdades tão flagrantes; são coisas, a meu ver, de extensão demasiado vasta e de mérito demasiado elevado para querer encerrá-las dentro de uma epístola e misturá-las a ninharias. Considerando tudo, madame, a mim só resta simplesmente lhe dedicar minha comédia e lhe garantir, com todo respeito que me é possível, que sou, madame, de Vossa Alteza Real, seu muito humilde, muito obediente e muito grato serviçal,

Jean-Baptiste Poquelin, Molière.

PREFÁCIO

No começo, muitos criticaram esta comédia; mas ela agradou aos que gostam de rir, e todo o maldizer que pudesse correr a respeito só fez com que ela tivesse um sucesso que me contenta.

Sei que esperam de mim, nesta edição, algum prefácio que responda aos detratores e justifique minha obra; e provavelmente devo muito a todas as pessoas que a aprovaram, creio-me obrigado a defender seu juízo contra o de outros. Mas ocorre que grande parte das coisas que eu teria a dizer sobre esse assunto já se encontra em uma dissertação que fiz em forma de diálogo, para a qual ainda não sei que destino dar.

A ideia deste diálogo, ou, se preferirem, desta pequena comédia, me veio após duas ou três apresentações de minha peça.

Falei sobre essa ideia em uma casa onde estive uma noite. Inicialmente, uma pessoa de qualidade, cuja inteligência é bastante conhecida no mundo e tem por mim uma estima que muito me honra, gostou tanto do projeto que não somente solicitou que eu nele investisse como ele mesmo quis fazê-lo. E qual não foi meu espanto quando, dois dias depois, ele me mostrou tudo executado de uma maneira, a bem da verdade, muito mais galante e mais espirituosa do que eu conseguiria, mas onde encontrei menções por demais lisonjeiras à minha pessoa! Temi que, se eu produzisse esta obra em nosso teatro, fossem me acusar de mendigar os elogios feitos a mim. Contudo, após algumas considerações, isso me impediu de concluir o que eu havia começado. Mas são tantos os que me pressionam todos os dias para fazê-lo que não sei o que acontecerá; e essa incerteza é o motivo pelo qual não coloco neste prefácio o que se verá na *Crítica*, caso eu decida publicá-la. Se assim acontecer, repito, será somente para vingar o público da rabugice melindrosa de certas pessoas, pois, quanto a mim, sinto-me suficientemente vingado pelo sucesso de minha comédia e desejo que todas as que eu possa vir a fazer sejam tratadas como esta, contanto que a sequência seja a mesma.

PERSONAGENS

ARNOLFO, também conhecido como Senhor da Cepa.

INÊS, jovem inocente, criada por Arnolfo.

HORÁCIO, amante de Inês.

ALAN, camponês, criado de Arnolfo.

GEORGETTE, camponesa, criada de Arnolfo.

CRISALDO, amigo de Arnolfo.

HENRIQUE, cunhado de Crisaldo.

ORONTE, pai de Horácio e grande amigo de Arnolfo.

UM NOTÁRIO

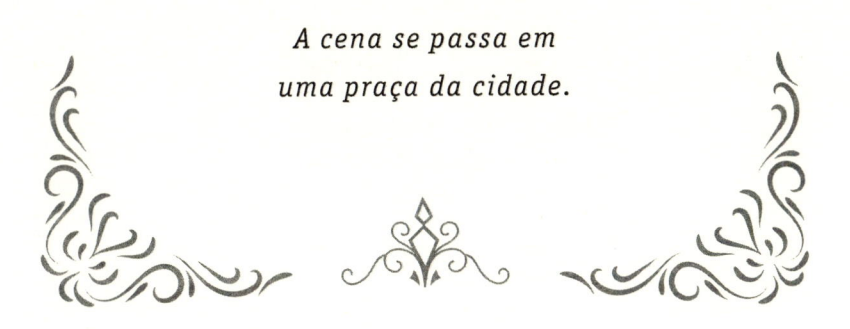

*A cena se passa em
uma praça da cidade.*

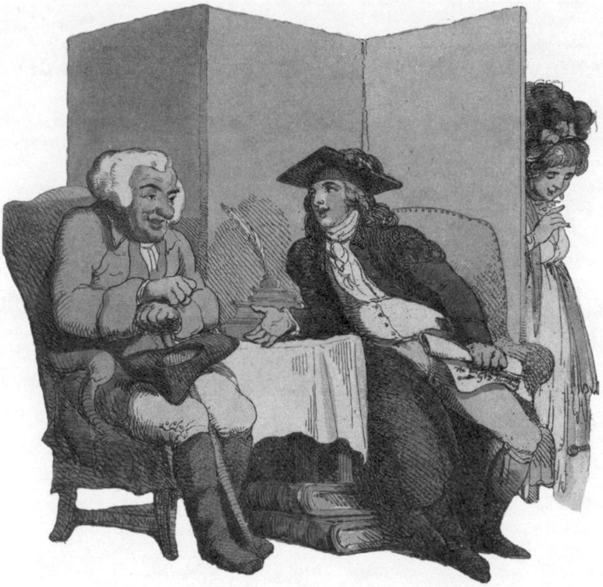

PRIMEIRO ATO

Cena I
CRISALDO, ARNOLFO

CRISALDO
Quer dizer que veio para se casar com ela?

ARNOLFO
Isso mesmo, e quero que até amanhã esteja tudo acertado.

CRISALDO
Estamos sozinhos, não...? Então, creio que podemos conversar sem medo de que nos ouçam. Posso abrir meu coração, como amigo? Sua intenção me faz tremer de medo. Não importa por qual lado eu olhe a questão, creio que o casamento, para você, seja uma jogada bem arriscada.

ARNOLFO
Isso é verdade, meu amigo. Talvez você tenha em sua casa motivos para temer pela minha. E imagino que sua testa acredite que os chifres sejam o infalível apanágio de qualquer casamento.

CRISALDO

São coisas do acaso, das quais ninguém está a salvo e com as quais me parece tolice se preocupar. Mas, quando digo que temo por você, é pela violenta zombaria que sempre fez contra centenas de pobres maridos. Enfim, você sabe que nem os grandes nem os pequenos estão imunes às suas alfinetadas e que seu maior prazer é expor ao mundo intrigas secretas...

ARNOLFO

Pois bem. Existe por acaso no mundo alguma outra cidade em que os maridos sejam tão mansos quanto aqui? Não os vemos de todas as espécies, humilhados em suas casas? Um, junta riquezas, só para ver sua mulher dividi-las com aqueles que o tornam corno; o outro, um pouco mais sortudo, mas não menos infame, vê a esposa receber presentes todos os dias e não sente ciúmes, pois ela diz que são por sua virtude. Um faz muito ruído que não lhe serve de nada, o outro faz vista grossa mansamente e, ao ver chegar à sua casa o galanteador, ainda toma suas luvas e casaco com muita educação. Uma esposa, toda astuta, finge fazer confidências a seu fiel esposo, que dorme tranquilo e iludido, com pena do pobre pretendente pelos galanteios desperdiçados. A outra, para justificar sua opulência, diz que ganha no jogo o dinheiro que gasta, e o pateta do marido, sem imaginar qual o jogo, dá graças a Deus pelos ganhos que ela obtém. Enfim, por toda parte há motivos de troça, e não posso nem rir como espectador? Não posso rir de nossos tolos...?

CRISALDO

Sim, mas quem ri do outro deve temer que também dele riam. Eu ouço o povo falar e se divertir fofocando sobre os acontecimentos.

Mas, por mais que os propalem nos lugares que frequento, jamais me viram tripudiar por esses rumores. Sou bem discreto e, embora possa condenar certas tolerâncias, que meu destino não seja de modo algum sofrer aquilo que alguns maridos sofrem passivamente. Contudo, nunca foi algo pelo qual fiz alarde; pois, afinal, é preciso temer que o jogo vire em alguma ironia do destino, e não se deve jurar que isso sempre se faria ou nunca se faria em tais e tais casos. Assim, se à minha testa, por uma força suprema, acaso ocorrer uma desgraça humana, com minha conduta estou quase certo de que ao menos se contentariam em rir escondido; e talvez eu ainda tenha a vantagem de ser objeto de pena. Mas com você, compadre, a coisa é diferente. E digo mais: você se arrisca como o diabo! Como sua língua sempre denegriu os maridos passivos confessos, e você virou para eles um diabo desvairado, agora precisa andar na linha, para não ser alvo de chacota. E, se acaso descobrirem algo sobre você, tome cuidado para não ser ridicularizado em praça pública. E...

ARNOLFO

Meu Deus! Amigo, pare de se atormentar. Afortunado daquele que consiga me apanhar.
Conheço os ardis e as tramas sutis que as mulheres usam para nos colocar um chifre. Para não ser enganado por tal destreza, tomei minhas precauções contra acidentes do tipo; aquela que desposarei tem toda a inocência que pode salvar minha testa de tão maligna influência.

CRISALDO

E o que você pretende? Que uma tola...

ARNOLFO

Casar-me com uma tola para não passar por tolo. Acredito, como bom cristão, que sua cara-metade seja muito sábia. Mas uma mulher astuta é mau presságio; sei o que custou a certas pessoas o fato de terem se juntado a gente de muito talento. E eu lá vou assumir uma mulher brilhante que só fale de salões e sociedade, que escreva bela prosa e versos, que receba marqueses e mentes iluminadas, enquanto fico como marido de madame, como um santo sem devotos? Não, não quero uma mente superior; a mulher que compõe sabe mais do que deve. Quero que a minha seja pouco esclarecida, que sequer saiba o que é uma rima; e, se com ela brincarmos de versos e perguntarem a ela: "O que rima com 'doce'?", quero mais é que ela responda: "Uma torta de creme!". Resumindo: que ela seja muito ignorante. Por mim, basta que ela saiba rezar a Deus, me amar, costurar e bordar.

CRISALDO

Quer dizer que sua ideia fixa é ter uma mulher burra?

ARNOLFO

Tanto que prefiro uma feiosa bem tola a uma beldade muito espirituosa.

CRISALDO

Espírito e beleza...

ARNOLFO

Basta a honestidade.

CRISALDO

Mas como você quer, afinal, que uma besta saiba o que é ser honesta? E deve ser muito maçante passar a vida com uma parva... acha que faz sentido a ideia de tentar proteger uma testa? Uma mulher inteligente pode até trair seu dever, mas ao menos ela o faz com intenção; ao passo que a burra pode fazer o mesmo, sem querer e sem planejar.

ARNOLFO

A esse belo argumento e a esse discurso profundo, dou a resposta que Pantagruel deu a Panúrgio: se me pressionar a arrumar uma mulher que não seja burra, pregue e insista ao infinito. No final, ficará surpreso ao ver que não me persuadiu foi de nada.

CRISALDO

Eu não digo mais nada.

ARNOLFO

Cada um com seu método. Para as mulheres, assim como em tudo, quero seguir meu próprio modo: sou rico o suficiente para poder escolher uma esposa que dependa de mim, e cuja submissão e total dependência não lhe permita me criticar por seus bens ou berço. Um ar doce e sério inspirou meu amor por ela quando a vi entre outras crianças. Ela tinha quatro anos de idade. Como sua mãe vivia em extrema pobreza, ocorreu-me pedi-la para mim; e a boa camponesa, ao saber de meu desejo, livrou-se desse fardo com muito prazer. Eu a pus para ser criada em um pequeno convento, longe de qualquer experiência, segundo minhas regras; ou seja, com o cuidado de torná-la tão idiota quanto possível. Graças a Deus tive minha expectativa atendida, e agora crescida a vi tão inocente que agradeci aos céus por terem me dado uma mulher como desejo. Então a trouxe comigo. Como minha casa fica aberta o tempo todo a todo tipo de gente, previ tudo que fosse possível e decidi escondê-la em outra casa onde ninguém me procura. E, para não corromper sua bondade natural, eu a cerquei de pessoas tão simples quanto ela. Você pode me perguntar: "Mas por que me conta essa história?". É para que você veja até onde vão minhas precauções. Enfim, como você é meu fiel amigo, eu o convido a jantar com ela esta noite. Quero que você possa examiná-la um pouco e me diga se devo ser condenado por minha escolha.

CRISALDO
De acordo.

ARNOLFO
Você poderá, nessa conversa, julgar sua pessoa e sua inocência.

CRISALDO
Quanto a esse quesito, o que você me disse não pode...

ARNOLFO
A realidade transcende meu relato. Eu a admiro pela simplicidade em tudo, e às vezes morro de rir com o que ela diz. Você não acredita, mas outro dia ela estava toda aflita e veio me perguntar, com uma inocência sem igual, se as crianças se faziam pela orelha!

CRISALDO

Fico feliz, senhor Arnolfo...

ARNOLFO

Oras! Mas vai continuar me chamando por esse nome?

CRISALDO

Ah, por mais que eu tente, é o que me vem à boca. E nunca me ocorre Senhor da Cepa. Mas que diabos fez com que você, aos quarenta e dois anos de idade, se rebatizasse, adotando como título de nobreza um velho tronco podre de sua meação?

ARNOLFO

Além de a propriedade ser conhecida por esse nome,
Da Cepa soa melhor do que Arnolfo.[29]

CRISALDO

Que abuso abandonar o nome dos pais para assumir outro construído sobre quimeras! É uma verdadeira comichão que as pessoas têm por isso! Olha, sem querer compará-lo, mas conheço um camponês chamado Pedrão que tinha como bem somente um quarto de terra, mandou cavar em volta um fosso lamacento e adotou o pomposo nome de Senhor da Ilha.

---

29 Essa antipatia de Arnolfo por seu próprio nome se deve ao fato de São Arnolfo, na Idade Média, e tradicionalmente no século XVII, ser considerado o patrono dos maridos traídos. *Entrar na confraria de São Arnolfo, oferecer uma vela a São Arnolfo* significava, para um marido, perder as últimas ilusões matrimoniais. Tal nome daria *ideias extravagantes* aos maridos desconfiados que o carregassem, e é por isso que Arnolfo deseja mudá-lo.

ARNOLFO

Dispenso exemplos do tipo. Mas, enfim, Da Cepa foi o nome
que escolhi: nele vejo razão e charme, e fico contrariado
quando me chamam por outro nome.

CRISALDO

Contudo, a maioria não consegue se acostumar.
Inclusive, continuo a ver no endereço de suas cartas...

ARNOLFO

Não me importo quando a pessoa não sabe; mas você...

CRISALDO

Certo. Não briguemos mais por isso; e tomarei o
cuidado de acostumar minha boca
a só chamá-lo de Senhor da Cepa.

ARNOLFO

Bem, adeus. Só passei por aqui para dar bom
dia e avisar que estou de volta.

CRISALDO, *à parte, indo embora*

Minha nossa, esse daí é louco de todos os jeitos
possíveis e imagináveis.

ARNOLFO, *sozinho*

Ele é meio biruta em certas questões.
Estranho ver a paixão com que as pessoas
se agarram às suas opiniões!

Ele bate à sua porta.
Alô!

CENA II
ARNOLFO, ALAN, GEORGETTE, DENTRO DA CASA

ALAN
Quem está aí?

ARNOLFO
Abram!
À parte
Creio eu que ficarão muito felizes de me ver após dez dias de ausência.

ALAN
Quem é?

ARNOLFO
Sou eu!

ALAN
Georgette!

GEORGETTE
Que foi?

ALAN
Vai abrir lá embaixo.

GEORGETTE

Vai você!

ALAN

Não, vai você!

GEORGETTE

Ah, mas não vou mesmo.

ALAN

Eu, tampouco.

ARNOLFO

Quantos rapapés para me deixar do lado de fora!

Ei! Alô! Façam-me o favor!

GEORGETTE

Quem é?

ARNOLFO

Seu patrão!

GEORGETTE

Alan!

ALAN

O quê?

GEORGETTE

É o patrão! Abre logo!

ALAN

Abra você.

GEORGETTE

Estou soprando o fogo.

ALAN

Estou cuidando para que o gato não coma o pardal.

ARNOLFO

Aquele que não me abrir a porta ficará sem comer por mais de quatro dias. Rá!

GEORGETTE

Por que está vindo, já que estou correndo?

ALAN

E por que você e não eu? Belo estratagema!

GEORGETTE

Então saia da frente.

ALAN

Não, saia você da frente!

GEORGETTE

Eu quero abrir a porta.

ALAN

Eu é que quero.

GEORGETTE

Não vai abrir, não.

ALAN

Você também não.

GEORGETTE

Nem você.

ARNOLFO

Haja paciência!

ALAN, *entrando*

Pelo menos eu vim, senhor.

GEORGETTE, *entrando*

Eu é que sou sua serviçal. Fui eu que vim.

ALAN

Se não fosse por respeito ao patrão, eu te...

ARNOLFO, *recebendo um soco de Alan*

Peste!

ALAN

Perdão.

ARNOLFO

Veja só esse pateta!

ALAN

Mas ela também, senhor...

ARNOLFO

Calem-se, vocês dois. Preocupem-se em me responder e deixem as bobagens de lado. Então, Alan, como andam as coisas por aqui?

ALAN

Senhor, nós... nós...

Arnolfo tira o chapéu da cabeça de Alan.

Senhor, nós... nós...

Arnolfo tira o chapéu novamente.

Graças a Deus, nós... nós...

ARNOLFO *tira o chapéu de Alan pela terceira vez e o joga ao chão*

Seu tolo impertinente! Quem o ensinou a falar comigo de chapéu na cabeça?

ALAN

Fez bem. Eu é que estou errado.

ARNOLFO, *para Alan*

Mande a Inês descer.

CENA III
ARNOLFO, GEORGETTE

ARNOLFO

Ela ficou triste enquanto estive fora?

GEORGETTE

Triste? Não...

ARNOLFO

Não?

GEORGETTE

Quer dizer... sim, ficou!

ARNOLFO

Então por quê…?

GEORGETTE

Sim, juro por Deus. Toda hora ela achava que era o senhor voltando, e não havia cavalo, asno ou mula que passasse em frente à casa que ela não achasse que era o senhor.

CENA IV

ARNOLFO, INÊS, ALAN, GEORGETTE

ARNOLFO

Trabalhando? Ah, que coisa boa de ver! Então, Inês, voltei de viagem: está contente?

INÊS

Sim, senhor. Graças a Deus.

ARNOLFO

Também fico feliz de revê-la. Você esteve tão bem quanto parece?

INÊS

Sim, fora a comichão das pulgas[30], que me perturbaram a noite inteira.

ARNOLFO

Ah, em breve você terá alguém para caçá-las.

INÊS

Eu vou adorar!

ARNOLFO

Imagino que sim. Que está fazendo?

---

30 Alusão ao desejo sexual nas mulheres, expressão comum no século XVII. (N. da T.)

INÊS

Estou fazendo véus para mim. Já terminei seus camisolões e suas toucas.

ARNOLFO

Ah, muito bem! Vamos, suba. Não se aborreça, voltarei logo, tenho assuntos importantes a contar.

CENA V
ARNOLFO (SOZINHO)

Heroínas de nossos tempos, sábias senhoras, portadoras de ternura e bons sentimentos,
eu desafio ao mesmo tempo seus versos, romances, cartas, bilhetes de amor, toda sua ciência, a valerem o mesmo que essa honesta e pudica ignorância! Não é a riqueza que deve nos deslumbrar; e contanto que haja honra...

CENA VI
HORÁCIO, ARNOLFO

ARNOLFO

Mas quem estou vendo? Seria...? Sim! Não, só posso estar enganado... Não pode ser. É sim! É ele mesmo, Hor...

HORÁCIO

Senhor Ar...

ARNOLFO

Horácio!

HORÁCIO

Sr. Arnolfo!

ARNOLFO

Ah, que alegria! Mas quando chegou?

HORÁCIO

Faz nove dias.

ARNOLFO

É mesmo?

HORÁCIO

Passei primeiro em sua casa, mas o senhor não estava.

ARNOLFO

Eu estava no campo.

HORÁCIO

Sim, há dez dias.

ARNOLFO

Ah, como crescem as crianças em poucos anos! Estou admirado de vê-lo desse tamanho, você era pequeno assim da última vez que o vi.

HORÁCIO

Para o senhor ver.

ARNOLFO

Mas, por obséquio... e o seu pai, Oronte, meu bom e caro amigo, que tanto estimo e reverencio, o que ele tem feito? O que tem dito? Continua jovial? Ele sabe que compartilho de tudo que diz respeito a ele. Não nos vemos há quatro anos, tampouco nos escrevemos.

HORÁCIO

Senhor Arnolfo, meu pai está mais animado do que nós, e eu havia trazido uma carta dele para o senhor. Mas depois desta ele enviou outra anunciando sua vinda, cuja razão me permanece desconhecida. Sabe quem pode ser um de seus conterrâneos que está voltando para cá com muitos bens conquistados em catorze anos na América?

ARNOLFO

Não... Não lhe disseram o nome?

HORÁCIO

Henrique.

ARNOLFO

Não conheço.

HORÁCIO

Meu pai fala de sua volta como se eu devesse conhecê-lo. Escreveu contando que vão se encontrar no caminho para cá para um assunto importante que a carta não menciona.
Horácio mostra a carta de Oronte a Arnolfo.

ARNOLFO

É certo que ficarei extasiado em vê-lo e farei
o possível para entretê-lo.
Depois de ler a carta.
Mas amigos não precisam de cartas tão formais...
todas essas bajulações são desnecessárias! Ele não precisaria
me escrever, você pode dispor à vontade de minha fortuna.

HORÁCIO

Sou homem de tomar as pessoas por suas palavras, e neste
momento necessito de cem pistolas.[31]

ARNOLFO

Juro que me deixa feliz ao fazer esse pedido, e fico contente
por ter a quantia aqui. Fique também com a bolsa.

HORÁCIO

Mas é preciso...

ARNOLFO

Deixemos a cerimônia de lado. Mas e então?
O que tem achado da cidade?

HORÁCIO

Muita gente, construções soberbas...
e que diversões maravilhosas!

---

31 Antiga moeda francesa. (N. da T.)

ARNOLFO

Tem prazeres para todos os gostos; mas esta terra há de contentar aqueles que chamamos de galanteadores, pois aqui as mulheres são dadas a galanteios. Tem bom humor, tem loira e morena, e tem também os maridos mais mansos do mundo. É um prazer digno de príncipe! E os truques que vejo costumam ser uma comédia para mim. Talvez alguma já tenha caído na sua rede? Ainda não teve essa sorte? Quem é boa pinta como você faz mais do que dinheiro e tem cacife para fabricar chifrudos.

HORÁCIO

Não vou lhe esconder nada da mais pura verdade... tive por aqui uma aventurinha de amor. E, como amigo, sou obrigado a lhe contar.

ARNOLFO, *à parte*

Arrá! Lá vem um novo conto picante, digno de entrar em meu diário.

HORÁCIO

Mas imploro que essas coisas fiquem entre nós, hein?

ARNOLFO

Ah!

HORÁCIO

O senhor bem sabe que, nessas ocasiões, um segredo revelado destrói nossas pretensões.

Confesso então, com toda a franqueza, que minha alma se apaixonou por uma beldade.

Meus pequenos empenhos tiveram tanto sucesso que logo ganhei um acesso fácil à casa dela. Sem querer me gabar ou ofendê-la, digo que estou em boa posição com ela.

ARNOLFO, *rindo*

Certo, certo... e de quem se trata?

HORÁCIO, *mostrando a casa de Inês*

Uma jovenzinha que mora naquela casa ali, de paredes vermelhas. Simples, na verdade, pelo erro sem par de um homem que a esconde do mundo, mas que pela ignorância à qual querem sujeitá-la irradia encantos capazes de extasiar. Ela tem um ar envolvente, um quê de ternura que arrebata qualquer coração. Mas talvez o senhor já tenha visto essa jovem estrela de amor de tantos encantos: chamam-na de Inês.

ARNOLFO, *à parte*

Ah! Quero morrer!

HORÁCIO

Quanto ao homem, creio que se chame Cepo
ou Sebo, não prestei muita atenção;
Rico, pelo que me disseram, mas não dos mais sensatos...
e descrito como ridículo. Por acaso o conhece?

ARNOLFO, *à parte*

Isso é duro de engolir!

HORÁCIO

Não vai dizer nada?

ARNOLFO

Ah! Sim, eu o conheço.

HORÁCIO

É um maluco, não?

ARNOLFO

Bem...

HORÁCIO

O que está dizendo? O quê? Hein? Quer dizer que sim? Ridiculamente ciumento? Tolo? Vejo que ele é mesmo como me disseram. Enfim, a adorável Inês conseguiu me conquistar. É uma bela joia, não posso mentir; e seria um pecado se uma beleza tão rara permanecesse em poder desse homem tão bizarro. Para mim, todos os meus esforços, todos os meus desejos mais gentis, são para conquistá-la apesar daquele ser ciumento; e o dinheiro que peço emprestado com tanta franqueza é somente para levar a cabo essa justa empreitada. O senhor sabe melhor do que eu: o indivíduo pode se empenhar o quanto for, mas é o dinheiro o grande propulsor dos feitos. Esse doce metal, que a tantos enlouquece, facilita as conquistas no amor, assim como na guerra. O senhor me parece aflito; será que de fato desaprova meu intento?

ARNOLFO

Não, é que eu estava pensando...

HORÁCIO
Esta conversa o cansa? Então me despeço. Passarei por sua casa em breve como agradecimento.

ARNOLFO, *imaginando-se sozinho*
Ora, eu preciso...!

HORÁCIO, *voltando*
Mais uma vez, peço que seja discreto.
Por favor, não divulgue meu segredo.

ARNOLFO, *imaginando-se sozinho*
Eu sinto em minha alma...!

HORÁCIO, *voltando*
E sobretudo a meu pai, que talvez fique furioso com isso.

ARNOLFO, *pensando que Horácio voltaria*
Ah...
Sozinho
Ah, mas como sofri durante essa conversa! Nunca ninguém sentiu tormento igual. Com que imprudência e pressa extrema ele veio contar seu caso justo a mim! Está certo, meu outro nome o induziu ao erro... ainda assim, que falta de bom senso! Mas já sofri tanto, que preciso me segurar até entender se tenho motivo para receios, levando até o fim sua indiscrição, e descobrir tudo a respeito dessa relação secreta. Imagino que ele não deve ter ido longe, então vou tentar reencontrá-lo e extrair suas confidências até a última gota. Tremo de pensar no infortúnio que me aguarda... muitas vezes, quem procura o que quer, encontra o que não quer.

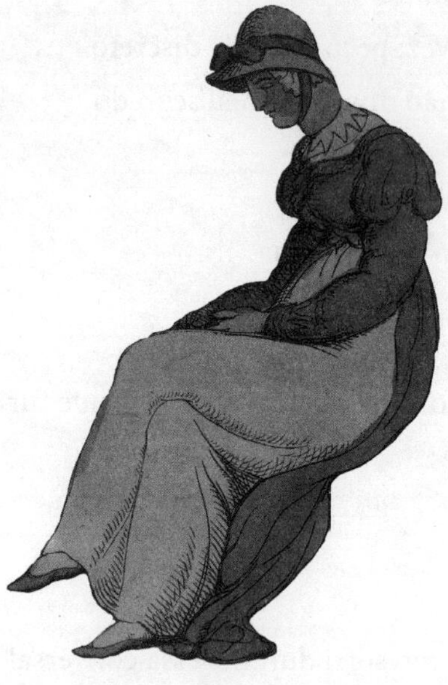

SEGUNDO ATO

CENA I

ARNOLFO

ARNOLFO

Pensando bem, creio que foi melhor ter me perdido e desencontrado dele, pois não conseguiria esconder de seus olhos a angústia que tomava meu coração. O desgosto que me devora teria se revelado, e não queria que ele soubesse o que por ora ele ignora. Mas não sou homem de se engambelar e deixar terreno livre para os desejos do galanteador:
Quero pôr um fim a essa história e, sem demora, descobrir até onde os dois conseguiram se entender. Minha honra está em jogo... nas condições em que está, eu a considero como esposa. Ela não poderia pisar em falso sem me cobrir de vergonha, e tudo que ela fizer, afinal, irá para minha conta.
Que afastamento fatal! Maldita viagem que fui fazer!
Batendo à porta.

CENA II
ALAN, GEORGETTE, ARNOLFO

ALAN

Ah! *Monsieur*, desta vez...

ARNOLFO

Silêncio! Venham cá vocês dois.
Venham cá, venham cá. Venham, estou mandando!

GEORGETTE

Que medo do senhor, meu sangue gelou nas veias!

ARNOLFO

Então foi assim que obedeceram a mim em minha ausência?
E de conchavo vocês me traíram?

GEORGETTE, *caindo aos pés de Arnolfo*

Não me coma viva, senhor, eu imploro!

ALAN, *à parte*

Algum cão raivoso o mordeu, tenho certeza.

ARNOLFO, *à parte*

Uf! Nem consigo falar, de tão alterado que estou!
Me sinto sufocado, e queria poder tirar a roupa.

Para Alan e Georgette

Então vocês permitiram, ralé maldita, que um homem entrasse
aqui... Está tentando fugir? É preciso que agora mesmo...

Para Georgette
Não se mexa...! Que estão dizendo...?
Ah!...Sim, quero que vocês dois...
Alan e Georgette se levantam e tentam fugir de novo.
Quem se mexer, morre! Eu bato no infeliz.
Como foi que esse homem entrou em minha casa?
Falem rápido, logo, depressa,
já! Sem delongas. Não vão dizer?

ALAN e GEORGETTE
Ah! Ah!

GEORGETTE, *caindo aos pés de Arnolfo*
Vou desmaiar.

ALAN, *caindo aos pés de Arnolfo*
Vou morrer.

ARNOLFO, *à parte*
Estou pingando de suor; preciso recuperar o fôlego.
Vou caminhar e tomar um ar. Como eu adivinharia,
quando o vi criança, que ele cresceria assim? Meu Deus!
Como sofre meu coração! É melhor ouvir da boca dela o
caso que me diz respeito. Tentarei moderar meu ressentimento.
Calma, meu coração, tenha paciência...
Para Alan e Georgette
Levantem-se, entrem na casa e mandem Inês descer.
Não, esperem! *(à parte)* Assim não haverá surpresa, pois eles
irão avisá-la da minha dor. Eu mesmo quero ir buscá-la.

Para Alan e Georgette
Esperem por mim aqui.

CENA III
ALAN, GEORGETTE

GEORGETTE

Meu Deus! Como ele é terrível! Seus olhos me causam medo, um medo terrível. E nunca vi um cristão tão medonho.

ALAN

Eu falei para você, aquele senhor deve tê-lo irritado.

GEORGETTE

Mas por que diabos ele quer que vigiemos a patroa em casa com tanto rigor?
Por que quer escondê-la do mundo sem deixar que ninguém se aproxime?

ALAN

É por ciúmes.

GEORGETTE

Mas de onde vem isso?

ALAN

Vem... vem do fato de que ele é ciumento.

GEORGETTE

Sim, mas por que ele é assim? E por que tanta raiva?

ALAN

É porque o ciúme... ouça bem, Georgette, é uma coisa... que preocupa... e enxota as pessoas de casa. Vou fazer uma comparação para você entender melhor.

Digamos que você tenha diante de si um prato de sopa; se aparece um morto de fome querendo tomá-la, não é verdade que você fica com raiva e quer atacá-lo?

GEORGETTE

Sim, isso eu entendo.

ALAN

É exatamente a mesma coisa: a mulher é como a sopa do homem; quando um homem vê outros homens querendo enfiar os dedos na sopa, ele fica furioso.

GEORGETTE

Sim, mas por que nem todos fazem o mesmo? Nós vemos alguns que parecem felizes quando suas esposas estão com belos cavalheiros.

ALAN

É porque nem todos têm essa gula de querer tudo para si.

GEORGETTE

Se não estou enganada, eis que ele vem voltando.

ALAN

Está enxergando bem, é ele mesmo.

GEORGETTE
Veja como ele está triste.

ALAN
Está aborrecido com alguma coisa.

CENA IV
ARNOLFO, INÊS, ALAN, GEORGETTE

ARNOLFO, *à parte*
Certo grego costumava dizer ao imperador Augusto, como uma instrução tão útil quanto justa, que, quando um evento nos enfurece, devemos, antes de tudo, recitar o alfabeto, para que nesse tempo a bile se acalme e não se cometa nenhuma besteira. Segui esse conselho na questão de Inês e mandei trazê-la propositalmente, com o pretexto de um passeio, para que as desconfianças de minha mente aflita possam cuidadosamente fazê-la revelar a verdade, sondando-lhe o coração. Venha, Inês.
Para Alan e Georgette
E vocês dois, pra dentro!

CENA V
ARNOLFO E INÊS

ARNOLFO
Um belo de um passeio.

INÊS

Muito belo.

ARNOLFO

Está um belo dia!

INÊS

Muito belo também.

ARNOLFO

Alguma novidade?

INÊS

O gatinho morreu.

ARNOLFO

Que pena... Mas, sabe de uma coisa? Somos todos mortais, e no final das contas é cada um por si. Quando eu estava no campo não choveu?

INÊS

Não.

ARNOLFO

Não se aborreceu?

INÊS

Eu nunca me aborreço.

ARNOLFO

O que você fez durante esses nove ou dez dias aqui?

INÊS

Seis camisas, creio eu, e também seis gorros.

ARNOLFO, *depois de um breve devaneio*

O mundo, cara Inês, é uma coisa estranha. Veja só as fofocas e como todos gostam de falar, por exemplo. Uns vizinhos me disseram que um rapaz desconhecido veio à casa em minha ausência, que você foi alvo de seus olhos e seu palavrório. Mas não acreditei nas más línguas, e quase apostei que era mentira...

INÊS

Deus do céu, não me faça essa aposta! Decerto vai perder!

ARNOLFO

Quê? Então é verdade que um homem...?

INÊS

Ah, sim! Ele praticamente não saiu de nossa casa, juro.

ARNOLFO, *baixo, à parte*

Essa confissão que ela faz, tão sincera, ao menos me mostra sua ingenuidade.

Alto

Mas me parece, Inês, se bem me recordo, que eu a proibi de ver qualquer um que fosse.

INÊS

Sim, mas o senhor não sabe por que o vi, e certamente teria feito o mesmo se fosse eu.

ARNOLFO

Talvez. Mas, enfim, conte-me como foi essa história.

INÊS

É muito surpreendente e difícil de acreditar. Estava eu na varanda, trabalhando ao ar livre, quando vi passar por debaixo das árvores um jovem bem apessoado, que, ao encontrar meu olhar, logo me cumprimentou com uma humilde reverência. Eu, para não ser mal-educada, também fiz a reverência de minha parte. Ele logo me fez outra reverência. E eu também fiz outra, rapidamente. E ele logo fez uma terceira, e eu de pronto também fiz uma terceira. Ele passava, vinha, repassava e, firme e forte, a cada vez me fazia nova reverência. E eu, que olhava fixamente para todas essas voltas, também lhe fazia nova reverência. Tanto que, àquela altura, não tivesse anoitecido, eu teria continuado daquela maneira, não querendo ceder e ter o tormento de que ele pudesse me achar menos educada que ele.

ARNOLFO

Muito bem.

INÊS

No dia seguinte, eu estava na porta quando uma velha me abordou e falou assim:

"Minha criança, que Deus a abençoe e preserve seus atrativos por muito tempo! Ele não a criou bela assim para fazer mau uso de seus dons; e você deve saber que feriu um coração, que hoje é forçado a se queixar.

ARNOLFO, *à parte*

Ah! Cúmplice do demônio! Maldita execrável!

INÊS

"Eu feri alguém?", perguntei espantada. "Feriu", a velha respondeu, "mas feriu gravemente. E foi o homem que você viu ontem da varanda." "Ah, não!", exclamei. "Mas qual poderia ter sido a causa? Será que sem querer deixei cair algo em cima dele?". "Não", ela disse, "seus olhos é que deram o golpe fatal, e foi de seu olhar que veio toda sua desgraça." "Meu Deus!", falei, surpresa. "Meus olhos podem causar mal às pessoas?" "Sim, minha filha", disse ela, "seus olhos têm um veneno fatal que você desconhece. Em uma palavra, o pobre miserável sofre; e, se for o caso", continuou a velha caridosa, "de sua crueldade lhe recusar socorro, ele vai para a cova dentro de dois dias." "Meu Deus! Isso muito me doeria. Mas o que posso fazer para salvá-lo?", perguntei. "Minha criança", ela disse, "ele só quer poder ver e conversar com você. Somente seus olhos poderão impedir sua ruína e curar o mal que causaram." "Minha nossa! Claro, de bom grado", eu disse, "e já que é assim ele pode vir me ver sempre que quiser."

ARNOLFO, *à parte*

Ah, feiticeira maldita, envenenadora de almas, que o inferno puna suas tramas caridosas!

INÊS

E foi assim que ele veio me ver e foi curado. Não acha que eu tinha razão? E poderia eu ficar tranquila se o deixasse morrer desassistido? Eu, que sou tão sensível ao sofrimento dos outros e choro só de ver matarem um frango?

ARNOLFO, *em voz baixa, à parte*

Tudo isso partiu de uma alma inocente. Culpo minha imprudente ausência, que deixou essa bondade sem guia, exposta à emboscada de astutos sedutores. Temo que o salafrário, em seus desejos audaciosos, tenha levado a questão um pouco além da brincadeira.

INÊS

O que o senhor tem? Parece estar um pouco aborrecido? O que lhe contei foi errado?

ARNOLFO

Não. Mas diga-me o que houve depois. O que o rapaz fez em suas visitas?

INÊS

Ah, mas precisa ver como ele exultava, como ele melhorou assim que o vi. Se o senhor visse a bela caixinha que ele me deu de presente, e o dinheiro que deu a Alan e a Georgette, teria gostado dele e feito o mesmo que nós...

ARNOLFO

Sim, mas o que ele fez com você a sós?

INÊS

Ele jurou que me amava de uma forma sem igual e me disse as palavras mais gentis do mundo, coisas que nada jamais poderá superar. E cuja doçura, toda vez que o ouvia, me provocava e causava um não-sei-o-quê aqui dentro de mim.

ARNOLFO, *baixo, à parte*
Oh, infeliz exame de um mistério fatal, em que o examinador sofre sozinho toda a dor!
Para Inês
Além de todos esses discursos e todas essas gentilezas, por acaso ele não lhe fez também umas carícias?

INÊS
Ah, mas tantas! Ele me tomava as mãos e os braços, e os beijava sem nunca se cansar.

ARNOLFO
E por ventura ele não lhe tirou alguma outra coisa, Inês?
Vendo-a desconcertada
Ai!

INÊS
Bem... Ele me...

ARNOLFO
O quê?

INÊS.
Tirou...

ARNOLFO
Hein?

INÊS

... a...

ARNOLFO

Como é?

INÊS

Não me atrevo, e talvez o senhor se zangue comigo.

ARNOLFO

Não vou me zangar.

INÊS

Vai sim.

ARNOLFO

Meu Deus, não!

INÊS

Então jure por Deus.

ARNOLFO

Que seja, juro.

INÊS

Ele me tirou... O senhor vai ficar furioso.

ARNOLFO

Não vou.

INÊS

Vai sim.

ARNOLFO

Não, não, não e não! Que diabos de mistério! O que foi que ele tirou de você?

INÊS

Ele...

ARNOLFO, *à parte*

Estou sofrendo como um condenado!

INÊS

Ele me tirou a fita que o senhor me deu. Para falar a verdade, não pude evitar.

ARNOLFO, *recuperando o fôlego*

Tudo bem quanto à fita. Mas quero saber se ele não fez nada além de lhe beijar os braços.

INÊS

Como assim? E há outras coisas a se fazer?

ARNOLFO

De jeito nenhum. Mas, para curar o mal que diz sofrer, ele não exigiu de você algum outro remédio?

INÊS

Não. O senhor pode imaginar que, se ele tivesse pedido, eu teria feito de tudo para ajudá-lo.

ARNOLFO, *baixo, à parte*

Graças aos Céus, para mim saiu barato! Se eu cair
novamente, mereço ser maltratado. *(alto)* Silêncio!
Isso é resultado de sua inocência, Inês.
Não digo mais nada: o que está feito, está feito.
Sei que, com toda essa bajulação, o galã só quer abusar
e depois rir de você.

INÊS

Ah, isso não! Ele me repetiu mais de vinte vezes.

ARNOLFO

Ora, você não sabe se deve confiar nele. Mas, enfim...
aprenda que aceitar caixinhas, escutar as baboseiras desses
belos galantes, deixar que eles lhe beijem as mãos e afaguem o
coração, esse é um pecado mortal dos mais cabeludos.

INÊS

Pecado, o senhor diz? E qual a razão, que mal lhe pergunte?

ARNOLFO

A razão? A razão é a sentença de que o Céu
se enfurece com ações como essa.

INÊS

Enfurece? Mas por que se enfurece? É algo tão agradável,
tão gostoso! Me espanta o prazer que isso dá, e até hoje eu nem
conhecia essas coisas assim.

ARNOLFO

Sim, é um grande prazer toda essa ternura, essas palavras gentis e essas doces carícias.
Mas elas devem ser degustadas de forma honesta, e só o casamento elimina o pecado.

INÊS

E quando a gente se casa não é mais pecado?

ARNOLFO

Não.

INÊS

Então case-me imediatamente, por favor.

ARNOLFO

Se você deseja, eu desejo também. E foi para casá-la que voltei.

INÊS

Seria possível?

ARNOLFO

Sem dúvida.

INÊS

Como me deixará feliz!

ARNOLFO

Sim, não duvido de que o matrimônio vá agradá-la.

INÊS

Então quer que nós dois...

ARNOLFO

Com certeza.

INÊS

Se isso acontecer, vou cobrir o senhor de beijos!

ARNOLFO

E eu a você.

INÊS

Nunca sei quando estão zombando de mim. Está falando sério?

ARNOLFO

Sim, você verá que sim.

INÊS

Vamos nos casar?

ARNOLFO

Exato.

INÊS

Mas quando?

ARNOLFO

Hoje à noite.

INÊS, *rindo*

Hoje à noite?

ARNOLFO

Hoje à noite. Isso a faz rir?

INÊS

Faz.

ARNOLFO

Ver você contente é o que desejo.

INÊS

Minha nossa, como posso lhe agradecer?
Terei tanta satisfação com ele!

ARNOLFO

Com ele quem?

INÊS

Com... ele ali.

ARNOLFO

Ali... não é a ele que me refiro. Você foi rápida em escolher um marido, hein? Mas, em suma, é outro que tenho pronto para você. E, quanto a esse senhor ali, pretendo que rompa com ele qualquer contato, enterrando o mal com o qual ele a ilude. Que, quando ele vier em casa para cumprimentá-la, você lhe feche a porta no nariz com firmeza.
E, se ele bater à porta, jogue uma pedra pela janela e

mande que ele nunca mais apareça. Está me ouvindo, Inês? Estarei escondido em um canto, testemunhando tudo.

INÊS

Que pena! Ele é tão bonitão! É...

ARNOLFO

Ah! Mas isso é jeito de falar?

INÊS

Não terei coragem...

ARNOLFO

Chega de discussão. Agora suba!

INÊS

Mas como? O senhor quer...?

ARNOLFO

Já chega. Quem manda sou eu, quem fala sou eu. Anda, obedeça!

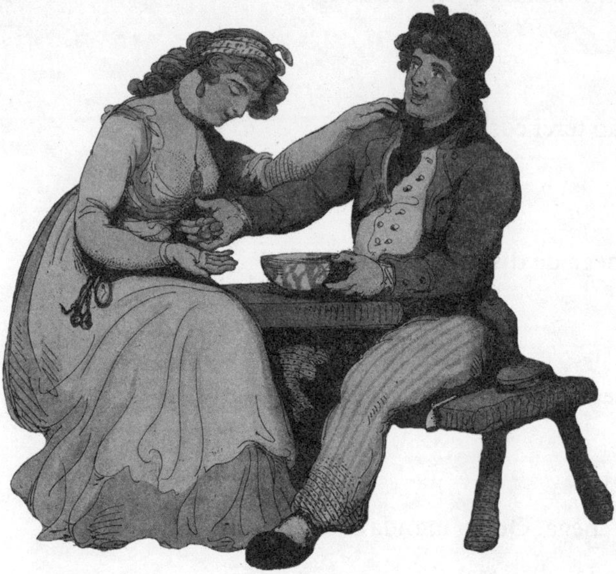

TERCEIRO ATO

CENA I
ARNOLFO, INÊS, ALAN, GEORGETTE

ARNOLFO
Sim, deu tudo certo e minha alegria é suprema.
Vocês cumpriram muito bem minhas ordens,
confundindo totalmente o jovem sedutor.
É para isso que serve a habilidade de um diretor. Sua
inocência, Inês, foi pega de surpresa.
Veja só onde você se enfiou sem saber: sem a minha
orientação, estava tomando o caminho direto para
o inferno e a perdição. Conhecemos muito bem os
costumes desses conquistadores, com seus babados, fitas
e plumas, cabelos longos, belos dentes e palavras gentis.
Mas, como eu disse, por baixo estão as garras.
E são verdadeiros demônios, que, disfarçados, tentam
abocanhar primeiro a honra feminina. Mas, mais uma
vez, graças aos cuidados tomados, você escapou com sua
virtude intacta. A forma como a vi jogando a pedra nele,
lançando por terra toda a esperança de suas intenções,

me confirmou que não devo adiar mais as núpcias
para as quais mandei você se preparar. Mas, antes
de qualquer coisa, preciso ter com você uma
conversinha que lhe será útil.
Para Georgette e Alan
Tragam uma cadeira aqui fora. E se vocês algum dia...

GEORGETTE

Lembraremos bem de suas orientações, *monsieur*.
Aquele outro cavalheiro nos enganou. Mas...

ALAN

Se algum dia ele entrar aqui, prometo que nunca mais
bebo. Ademais, é um tolo; da outra vez, ele nos deu dois
escudos de ouro que nem peso tinham.

ARNOLFO

Então tragam para o jantar tudo que eu desejar; e, para
nosso contrato, como acabo de dizer, um de vocês dois,
na volta, traga aqui o notário que mora ali na esquina.

CENA II
ARNOLFO, INÊS

ARNOLFO, *sentado*

Inês, deixe seu trabalho de lado e venha me ouvir.
Erga um pouco a cabeça e vire o rosto.
Colocando o dedo na testa

Agora olhe para mim enquanto eu falo e guarde bem cada palavra. Vou me casar com você, Inês, e cem vezes por dia você deverá agradecer pela sorte de seu destino, contemplar a pobreza de onde veio e, ao mesmo tempo, admirar minha bondade, que desse vil estado de pobre aldeã a eleva à posição de honorável burguesa, para gozar do leito e dos abraços de um homem que sempre fugiu de todos esses compromissos e cujo coração recusou a vinte excelentes pretendentes a honra que ele agora lhe oferece. Você deve sempre, repito, se lembrar da sua insignificância sem essa gloriosa união, para que aprenda a merecer a condição em que vou colocá-la, a ter consciência de si mesma e a fazer com que eu sempre possa me contentar com o ato que cometo. O casamento, Inês, não é brincadeira: o *status* de esposa envolve deveres austeros; e não pretendo alçá-la a ele para que fique de libertinagem e diversão.

Seu sexo é feito para a dependência. É do lado da barba que está a onipotência. Ainda que sejamos duas metades da sociedade, essas duas metades não são iguais: uma é a metade suprema e a outra é a subalterna; uma é totalmente submissa à outra que governa. E aquilo que o soldado, em seu dever, mostra de obediência ao chefe que o conduz, o criado a seu patrão, um filho a seu pai, qualquer fradinho a seu superior, nem sequer chega perto da docilidade, da obediência, da humildade e do profundo respeito que a esposa deve a seu marido, chefe, senhor e dono. Quando ele a olha com um olhar severo, o dever da mulher é logo

baixar os olhos e nunca ousar encará-lo, salvo quando ele
quiser agraciá-la com um olhar gentil. As mulheres de hoje
não entendem isso, mas não se deixe estragar pelo exemplo
de outras. Evite imitar essas camponesas sedutoras, cujas
escapadas a cidade inteira comenta, e não se deixe levar
pelos assédios do demônio. Ou seja, não dê ouvidos a
nenhum jovem paquerador. Pense que, ao fazer de você
metade de minha pessoa, Inês, é minha honra que entrego
em suas mãos; que essa honra é frágil e se fere com pouco;
que não se brinca com um assunto desses; e que é nos
caldeirões ebulientes dos infernos que se mergulham
para sempre as mulheres mal comportadas.
O que estou dizendo não são histórias, e você deve
devorar com o coração essas lições.
Se sua alma segui-las e evitar ser leviana, ela será
sempre alva e pura como um lírio;
Mas, se por um acaso frustrar a honra, ela se tornará
então negra como carvão. Você parecerá a todos
um objeto detestável e, como pedaço do demônio,
um dia queimará no inferno para toda a eternidade:
que a bondade celestial a proteja!
Faça uma reverência. Assim como uma noviça deve saber
seu ofício de cor no convento, aquela que se casa deve fazer
o mesmo. E eis que tenho no bolso um escrito importante
que lhe ensinará o ofício de esposa. Desconheço seu autor,
mas é uma boa alma, e quero que essa seja sua única
leitura. *(ele se levanta)* Tome. Vejamos se você lê bem.

INÊS, *lê*

> ## AS MÁXIMAS DO CASAMENTO
> ## OU OS DEVERES DA MULHER CASADA,
> ## COM SEU EXERCÍCIO DIÁRIO.

> ### MÁXIMA I
> *Aquela que uma união honesta joga no leito do outro deve ter em mente, apesar dos costumes de hoje, que o homem que a toma, toma somente para si.*

ARNOLFO
Já lhe explico o que isso quer dizer; mas, por ora, só leia.

INÊS, *continua*

> ### MÁXIMA II
> *Ela só deve se enfeitar para o desejo do marido que a possui, pois só a ele diz respeito o cuidado de sua beleza; e nada deve importar que os outros a achem feia.*

MÁXIMA III

Que ela se mantenha longe dos olhares estudados, dessas águas, pós e pomadas, e dos mil ingredientes que deixam a tez rosada. São drogas mortais para a honra, e os cuidados de beleza raramente se destinam aos maridos.

MÁXIMA IV

Ao sair, como manda a honra, ela deve esconder seu olhar com um capuz, pois, para agradar de verdade ao marido, ela não deve agradar a ninguém.

MÁXIMA V

Exceto pelas visitas ao marido, a decência proíbe que ela receba quem quer que seja: Aqueles que, de galante humor, vêm tratar com a madame, não agradam ao monsieur.

MÁXIMA VI

Ela deve recusar presentes de homens, pois no século em que estamos não se dá ponto sem nó.

MÁXIMA VII

Em seus móveis, por mais que sinta tédio, não deve haver tinteiro, tinta, papel nem caneta: a etiqueta manda que seja o marido a escrever tudo que se escreve na casa.

MÁXIMA VIII

Essas sociedades devassas, a que chamam boa companhia, todos os dias corrompem as mulheres: devem ser proibidas, pois é ali que conspiram contra os pobres maridos.

MÁXIMA IX

Toda mulher que quiser manter a honra deve evitar o jogo como algo funesto:
Pois o jogo é bem enganoso, e muitas vezes leva uma mulher a apostar tudo que tem.

MÁXIMA X

Ela não deve provar de passeios da moda ou piqueniques no campo, pois, segundo os cérebros prudentes, é sempre o marido quem paga essas festinhas.

MÁXIMA XI

...

ARNOLFO
Termine sozinha; explicarei mais tarde essas coisas como se deve, passo a passo, pois me lembrei de um compromisso.
Só preciso dar uma palavrinha, e não tardarei.
Entre e guarde com cuidado este livro. Se o notário chegar, que ele me aguarde um momento.

CENA III
ARNOLFO (SOZINHO)

ARNOLFO
O melhor que posso fazer é desposá-la. Moldarei essa alma como quiser, como um pedaço de cera, dando a forma que mais me agradar.
Durante minha ausência, quase a roubaram de mim por sua grande inocência; mas, a bem da verdade, é muito melhor que a mulher peque por esse lado. O remédio é fácil para esse tipo de erro: toda pessoa simples é obediente a advertências. E, se do bom caminho ela for afastada, duas palavras logo a trarão de volta.
Mas uma mulher astuta é um bicho diferente: nosso destino só depende de sua cabeça. Nada a faz se desviar de suas decisões, e nossos ensinamentos de nada servem.
Sua inteligência lhe serve para zombar de nossas máximas, para fazer de seus crimes, virtudes, e encontrar, para seus condenáveis fins, ardilezas para enganar até o mais astuto dos astutos.
Tentamos em vão escapar de seus golpes. Uma mulher inteligente é o diabo quando intriga; e, quando seu capricho pronuncia baixinho a sentença sobre nossa honra, é preciso

render-se. Muita gente honesta pode confirmar.
Enfim, o cabecinha-de-vento não terá motivo para rir.
Por ser linguarudo, ele terá o que merece. Esse é um defeito comum entre os franceses, que, em posse de boa fortuna, não conseguem guardar segredo; a vaidade tola tem para eles tantos atrativos que eles preferem a forca a não falar. Ah, as mulheres são tentadas pelo diabo quando escolhem esses cabeças-ocas... Mas eis que... ele vem vindo! Vamos nos esconder e descobrir o que o aflige.

CENA IV
HORÁCIO, ARNOLFO

HORÁCIO

Acabo de vir de sua casa, e parece que o destino decidiu que eu não o encontraria lá.
Mas irei tantas vezes que em algum momento...

ARNOLFO

Ah, meu Deus! Não, sem essas mesuras inúteis. Nada me irrita tanto quanto essas cerimônias; por mim, elas seriam banidas. É um costume maldito, e a maioria das pessoas perde ali tolamente dois terços de seu tempo. Então deixemos a formalidade de lado. *(ele se cobre)* E quanto a seus casinhos? Posso saber como andam, *monsieur* Horácio? Quando me contou, eu estava distraído por algum pensamento, mas venho pensando nisso desde então. Admiro a rapidez de seus primeiros progressos, e minha alma ficou muito interessada pelos desdobramentos.

HORÁCIO

Juro, desde que abri meu coração para o senhor,
tenho sido infeliz no amor.

ARNOLFO

Ah, como assim?

HORÁCIO

O cruel destino trouxe o dono da beldade de volta do campo.

ARNOLFO

Que azar!

HORÁCIO

Ademais, para meu grande desgosto, ele descobriu
nossa relação secreta.

ARNOLFO

Mas que diabos, ele já descobriu essa aventura? Como?

HORÁCIO

Não sei, mas é coisa certa. Pensava em fazer uma visitinha à jovem na minha hora costumeira quando, mudando de tom e expressão, a criada e o criado me barraram a entrada. E, com um "Queira se retirar, está importunando!", fecharam rudemente a porta no meu nariz.

ARNOLFO

No nariz!

HORÁCIO

No nariz.

ARNOLFO

Um tanto bruto!...

HORÁCIO

Quis falar com eles através da porta, mas tudo que respondiam era: "Não vai entrar, não, *monsieur* proibiu!".

ARNOLFO

Então não abriram mesmo?

HORÁCIO

Não. E lá da janela Inês confirmou que seu dono estava de volta, espantando-me com desprezo e atirando-me uma pedra.

ARNOLFO

Como assim, uma pedra?

HORÁCIO

A pedra não era pequena! E foi assim, com suas próprias mãos, que me retribuiu a visita.

ARNOLFO

Que diabos! Isso não é brincadeira!
Seu estado me parece lamentável.

HORÁCIO

É verdade, estou arrasado com esse retorno desastroso.

ARNOLFO

Verdade, juro que sinto muito por você.

HORÁCIO

O sujeito me derrubou.

ARNOLFO

Sim, mas isso não é nada.
Você dará um jeito de retomar seu posto.

HORÁCIO

Preciso obter alguma informação para driblar a vigilância cerrada desse ser ciumento.

ARNOLFO

Isso é fácil para você. E a moça, afinal, o ama, não?

HORÁCIO

Certamente.

ARNOLFO

Você vai conseguir.

HORÁCIO

Espero que sim.

ARNOLFO

A pedra o desnorteou, mas isso não deve abalar você.

HORÁCIO

Sem dúvida. E eu logo entendi que nosso homem estava lá, escondido, conduzindo tudo. Mas o que me surpreendeu, e vai surpreender o senhor, foi outro incidente que vou contar. Essa bela jovem teve uma ideia ousada – inesperada, vinda de alguém simples assim. É preciso admitir que o amor é um grande professor: ele nos ensina a ser aquilo que nunca fomos. E muitas vezes a mudança absoluta de nossos costumes se torna, por suas lições, a obra de um momento; ele rompe os obstáculos da natureza em nós e seus efeitos repentinos parecem milagres. Em um instante, faz de um avaro um pródigo; de um poltrão, um valente; de um brutamontes, um cavalheiro; torna ágil até a alma mais pesada e dá astúcia à alma mais inocente. Sim, esse último milagre brotou em Inês, que rompeu comigo com os seguintes termos: "Retire-se: minha alma não quer visitas; conheço todos os seus discursos, e esta é minha resposta". Aquela pedra que lhe causou espanto caiu a meus pés com um bilhete. E me admirei de ver essa carta ajustada ao sentido das palavras e ao da pedra jogada. Tal ação não o surpreende? Não acha que o amor conhece a arte de aguçar os espíritos? E é possível negar que suas chamas potentes fazem coisas surpreendentes em um coração? Que achou do truque e desse bilhete? Não é admirável essa presença de espírito? Não acha engraçado ver o papel a que se prestou o ciumento nessa brincadeira? Diga!

ARNOLFO
Sim, muito engraçado!

HORÁCIO
Então ria um pouco.
Arnolfo dá um riso forçado.
Esse homem, irritado com minha paixão, recolheu-se em casa e ostentou suas pedras, como se eu quisesse entrar escalando. Para me repelir, em seu medo bizarro, incitou todos os seus criados contra mim e foi enganado bem debaixo de seu nariz justamente por aquela que ele quer manter na mais extrema ignorância!

Confesso que, embora seu retorno jogue meu amor em apuros,
acho tão engraçado que não consigo pensar nisso sem dar
risada... mas acho que o senhor não está rindo o suficiente.

ARNOLFO, *com um riso forçado*
Perdão, estou rindo o quanto consigo.

HORÁCIO
Mas, como amigo, preciso lhe mostrar a carta. Tudo que o
coração dela sente, sua mão conseguiu pôr no papel. Mas em
termos comoventes e repletos de bondade, de inocente ternura
e ingenuidade, da maneira como a natureza pura expressa sua
primeira ferida de amor.

ARNOLFO, *em voz baixa*
Ah, danada, é para isso que a escrita lhe serve!
E foi contra minha vontade que você descobriu essa arte.

HORÁCIO, *lendo*
"Quero lhe escrever, mas não sei muito bem por onde começar.
Tenho pensamentos que gostaria de lhe contar, mas não sei
como fazer e desconfio de minhas palavras. Agora que começo
a entender que sempre me mantiveram na ignorância, tenho
medo de escrever algo errado e de dizer mais do que deveria. Na
verdade, não sei o que você fez comigo; mas fico muito irritada
com o que me obrigaram a fazer contra você. Eu sofreria um
mundo sem você e ficaria muito feliz de ser sua. Talvez seja
errado dizer isso, mas, enfim, não consigo deixar de dizer, e
gostaria que não fosse errado. Dizem que todos os rapazes são
malandros, que não se deve dar ouvidos a eles, e que tudo que

você me diz é para abusar de mim; mas garanto que ainda não vi isso em você e fico tão comovida com suas palavras que não poderia crê-las mentirosas. Diga-me, com franqueza, pois como não tenho malícia seria o maior erro do mundo me enganar, e acho que morreria de desgosto."

ARNOLFO, *à parte*
Ah! Mas que cadela!

HORÁCIO
Disse alguma coisa?

ARNOLFO
Eu? Não, não. Só tossi.

HORÁCIO
Já viu expressão mais terna? Apesar dos empenhos malditos de um poder injusto, é possível ver uma beleza natural maior que essa? E não é certamente um crime imperdoável estragar dessa forma maldosa uma alma tão admirável, manter na ignorância e na estupidez um espírito tão luminoso? O amor começou a rasgar esse véu da obscuridade; e se graças a uma boa estrela eu puder, como espero, encontrar pela frente esse verdadeiro animal, esse traidor, carrasco, salafrário, cafajeste...

ARNOLFO
Adeus.

HORÁCIO
Mas já vai?

ARNOLFO

Lembrei-me agora de uma questão urgente.

HORÁCIO

Mas o senhor não conhece ninguém, estando aqui perto, que possa ter acesso a essa casa? Peço sem escrúpulos, pois não é nada demais que possamos nos servir uns aos outros como amigos. Lá dentro agora só tenho gente me vigiando; e acabo de descobrir que tanto o criado quanto a criada não se sensibilizaram nem quiseram me ouvir.
Eu tinha, para coisas do tipo, uma velha senhora na manga, que era um gênio sobre-humano, para dizer a verdade. No começo, ela me serviu de boa maneira, mas há quatro dias que a pobre mulher morreu. Não conseguiria me arrumar um meio?

ARNOLFO

Na verdade, não. Você encontrará um meio sem mim.

HORÁCIO

Adeus, então. Veja a confiança que tenho no senhor!

CENA V

ARNOLFO (SOZINHO)

Como me humilhei diante dele! Como foi difícil esconder meu tormento! Como assim, uma garota inocente ser tão esperta? Ela finge ingenuidade aos meus olhos, a traidora, enquanto o diabo lhe sopra no ouvido essa destreza. Enfim, esse terrível bilhete foi a morte para mim. Vejo que o impostor roubou seu espírito e, ao me remover, se ancorou nela. Esse é meu desespero e minha angústia mortal. Sofro duplamente com o roubo de seu coração, pois quem sofre é tanto o coração quanto a honra. Sinto raiva de ver esse lugar usurpado e sinto raiva de ver minha prudência enganada. Sei que para punir seu amor libertino bastaria que eu deixasse correr seu triste destino, e assim ela mesma me vingaria. Mas é triste perder aquilo que se ama. Céus! Por que tanto filosofei por uma escolha, para depois ser tão dominado por seus encantos? Ela não tem família, nem apoio, nem riquezas. Traiu meus cuidados, minha bondade, meu carinho, e ainda assim eu a amo, mesmo após essa covardia, a ponto de não poder ficar sem esse amor. Seu tolo, não tem vergonha? Quero morrer! Estou furioso, e eu me estapearia mil vezes.

Vou entrar um pouco, mas só para ver sua atitude após uma ação tão vil. Meu Deus, protegei minha testa da desgraça! Mas, se estiver escrito que devo passar por isso, ao menos me dê, para tais acidentes, a resiliência que se vê em certas pessoas!

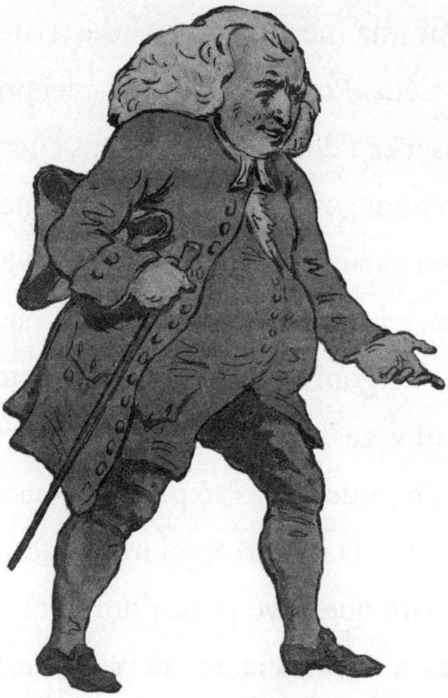

QUARTO ATO

CENA I
ARNOLFO (SOZINHO)

Confesso que não consigo sossegar. Mil preocupações dominam minha alma em busca de um meio de pôr ordem dentro e fora, de forma a frustrar todos os esforços do janota. Com que firmeza a traidora me olhou nos olhos! Não se abalou em nada com tudo que fez, e, embora tenha me posto à beira da cova, quem a visse não diria que ela tem dedo nisso. Quanto mais tranquila eu a via, mais meu sangue fervia. Mas esses surtos de raiva que me incendiavam pareciam redobrar minha paixão; fiquei amargurado, irritado, desesperado com ela. No entanto, nunca a achei tão bela, nunca seus olhos me pareceram tão penetrantes, nunca os desejei de forma tão intensa. E sinto aqui dentro que morrerei se meu triste destino me trouxer a desgraça. Conduzi sua educação com tanto carinho e cuidado, trouxe-a para minha casa desde a infância e cultivei nela a mais terna esperança. Meu coração bateu por seus incipientes atrativos, e achei que a preparava para mim durante treze anos. Para que um pivete pelo qual ela se enamora venha roubá-la debaixo do meu nariz, quando estamos meio casados? Não, por Deus! Não, por Deus! Meu tolo amigo, é melhor ficar esperto para anular meus esforços, pois juro que frustrarei suas expectativas, e de mim você não vai mais rir.

CENA II
NOTÁRIO, ARNOLFO

NOTÁRIO

Ah, aí está o senhor! Bom dia. Estou aqui para lavrar seu contrato.

ARNOLFO, *pensando estar só, sem ver nem ouvir o notário*

Como devo fazer?

NOTÁRIO

Da forma costumeira.

ARNOLFO, *pensando estar só*

Preciso tomar minhas precauções.

NOTÁRIO

Não farei nada que vá contra seus interesses.

ARNOLFO, *pensando estar só*

Tenho de me precaver de qualquer surpresa.

NOTÁRIO

Basta deixar seus negócios em minhas mãos. Mas, se teme ser enganado, é melhor não assinar o contrato.

ARNOLFO, *pensando estar só*

Temo virar assunto da cidade caso algo seja revelado.

NOTÁRIO

Mas é fácil evitar isso, basta que seu contrato seja sigiloso.

ARNOLFO, *pensando estar só*

Mas como devo resolver essa questão com ela?

NOTÁRIO

A herança costuma ser proporcional aos bens trazidos pela mulher.

ARNOLFO, *pensando estar só*

Eu a amo, e esse amor é meu grande obstáculo.

NOTÁRIO

É possível favorecer a esposa, nesse caso.

ARNOLFO, *pensando estar só*

Que tratamento lhe dar em um caso como esse?

NOTÁRIO

A regra é que o futuro marido deixe para a futura esposa um terço do dote que ela traz. Mas ele pode passar por cima dessa regra e ir além, se assim quiser.

ARNOLFO, *pensando estar só*

E se...

Arnolfo o vê

NOTÁRIO

Para o precípuo, eles são vistos em conjunto. Eu digo que o futuro marido pode prover à futura esposa como bem entender.

ARNOLFO, *ao ver o notário*

Hein?

NOTÁRIO

Se ele a ama muito e quiser agradá-la, pode favorecê-la por herança ou acordo pré-nupcial, que se anula com a morte dela. Ou sem reversão, indo da esposa direto a seus herdeiros. Ou costumeira, segundo as diferentes vontades. Ou ainda por doação em contrato formal, que pode ser simples ou mútua. Mas por que está dando de ombros? Por acaso estou falando tolices, ou não sei as formas de um contrato? Alguém vai me ensinar? Suponho que ninguém. Por acaso não sei que, pelo matrimônio, os dois têm direito comum aos móveis, imóveis e aquisições a menos que façam um ato de renúncia? Por acaso não sei que um terço dos bens da futura esposa entra em comunhão...

ARNOLFO

Sim, é certo que o senhor sabe tudo isso.
Mas quem foi que levantou essa questão?

NOTÁRIO

O senhor mesmo, que pretende me fazer passar por tolo, dando de ombros e fazendo caretas.

ARNOLFO

Maldito homem e sua cara feia! Adeus.
É o único meio de mandá-lo embora.

NOTÁRIO

Não me chamaram para lavrar um contrato?

ARNOLFO

Sim, eu mandei chamar, mas o negócio foi adiado, e o senhor será chamado novamente quando for a hora. Que diabo de homem mais chato!

NOTÁRIO, *sozinho*

Acho que ele está louco, e creio que estou certo.

CENA III

NOTÁRIO, ALAN, GEORGETTE

NOTÁRIO

Vocês vieram me chamar a mando de seu patrão?

ALAN

Isso.

NOTÁRIO

Não sei por quem vocês o tomam, mas digam-lhe que o acho um grandessíssimo de um maluco.

GEORGETTE

Pode deixar.

CENA IV
ALAN, GEORGETTE, ARNOLFO

ALAN

Monsieur...

ARNOLFO

Aproximem-se, meus fiéis, bons e verdadeiros amigos. Tenho novidades!

ALAN

O notário...

ARNOLFO

Não importa, deixemos o notário para outro dia. Estão querendo atentar contra minha honra. Que afronta seria para vocês, meus filhos, se destruíssem a honra de seu senhor! Depois disso, vocês não ousariam aparecer em lugar nenhum, pois todos que os vissem apontariam o dedo. Então, como o assunto diz respeito tanto a vocês quanto a mim, tomem cuidado para que o galanteador não possa de jeito nenhum...

GEORGETTE

O senhor já nos ensinou essa lição.

ARNOLFO

Mas cuidado para não caírem no papo dele.

ALAN

Ah, é verdade.

GEORGETTE

Sabemos como nos defender.

ARNOLFO

O que vocês responderiam se ele viesse de mansinho dizendo: "Alan, meu querido, ajude-me a aliviar minha melancolia"?

ALAN

Seu idiota!

ARNOLFO

Ótimo!

Para Georgette

"Georgette, minha ternura, você me parece tão doce e tão boa".

GEORGETTE

Seu imbecil!

ARNOLFO

Muito bem.

Para Alan

"Que mal há em uma intenção honesta e cheia de virtude?"

ALAN

Seu safado!

ARNOLFO

Muito bem!

Para Georgette

"Minha morte será certa, se você não tiver pena das minhas dores."

GEORGETTE

Sua besta, seu insolente!

ARNOLFO

Excelente!

Para Alan

"Não sou homem de querer receber sem dar nada em troca; guardo bem na memória aqueles que me servem. No entanto, só para adiantar, Alan, tome aqui para uma bebida. E tome aqui, Georgette, para um saiote."

Os dois estendem as mãos e pegam o dinheiro.

"É só uma amostrinha de minha generosidade.
A única cortesia que peço é que me deixem ver sua bela patroa."

GEORGETTE, *empurrando-o*

Conta outra!

ARNOLFO

Muito bom.

ALAN, *empurrando-o*

Fora daqui!

ARNOLFO

Certo.

GEORGETTE, *empurrando-o*

Agora mesmo!

ARNOLFO

Chega, já está bom.

GEORGETTE

Não é assim que devo fazer?

ALAN

É assim que o senhor deseja?

ARNOLFO

Sim, ótimo, exceto pelo dinheiro, que vocês não deveriam aceitar.

GEORGETTE

Não nos lembramos disso.

ALAN

Quer que comecemos do começo?

ARNOLFO

Não, já basta. Podem entrar, vocês dois.

ALAN

É só falar.

ARNOLFO

Não, podem entrar, é o que desejo.
Fiquem com o dinheiro. Entrem, que também já vou.
Fiquem de olho e me ajudem no que eu precisar.

CENA V

ARNOLFO (SOZINHO)

ARNOLFO

Quero contratar o sapateiro da esquina como espião que tudo vê. Pretendo manter Inês sempre dentro de casa, vigiá-la de perto e sobretudo barrar vendedores de fitas e perucas, cabeleireiros, fabricantes de lenços, de luvas, revendedoras, enfim, toda essa gente que trabalha o dia todo por baixo dos panos para viabilizar amores proibidos. Enfim, eu vi o mundo e conheço suas argúcias. Nosso homem precisará ter muita destreza para fazer passar qualquer mensagem ou bilhete de amor.

CENA VI
HORÁCIO, ARNOLFO

HORÁCIO
Que sorte encontrá-lo aqui! Acabo de escapar de uma que... juro por Deus! Depois de me despedir do senhor, inesperadamente, vi Inês sozinha na varanda, se refrescando junto às árvores. Após me fazer sinal, ela conseguiu disfarçar, desceu ao jardim e abriu a porta para mim; mas, mal chegamos ao seu quarto, ouvimos o ciumento subir a escada. E tudo que ela conseguiu, em tal desventura, foi me trancar dentro de um grande armário. Ele logo entrou. Eu não o via, mas o ouvia andar, sem dizer nada, em grandes passadas, soltando suspiros patéticos de tempos em tempos, às vezes dando murros nas mesas, batendo em um cãozinho que abanava o rabo por ele, e arremessando longe tudo que via pela frente. Ele chegou a quebrar, revoltado, vasos que enfeitavam a lareira da minha bela. Certamente esse imbecil descobriu a peça que ela lhe pregou. Por fim, depois de descarregar a raiva cem vezes em coisas que não podiam reagir, o atormentado ciumento, sem dizer o que o aborrecia, saiu do quarto, e eu do armário. Por medo dele, não quisemos mais nos arriscar ficando juntos. Mas esta noite devo entrar no quarto, silenciosamente, um pouco mais tarde. Vou tossir três vezes, avisando da minha chegada. E, ao sinal, Inês, meu amor, abrirá a janela, que acessarei com uma escada. Como meu único amigo, quero lhe contar tudo. A alegria do coração aumenta quando compartilhada.

E, por mais que se sinta cem vezes uma felicidade perfeita, ela só vale quando dividida. Penso que o senhor partilhará da fortuna de minha empreitada. Adeus, vou pensar nas coisas necessárias!

CENA VII
ARNOLFO

ARNOLFO
O quê? O astro que se obstina a me desesperar não me dará tempo nem de respirar? Será que verei a inteligência deles driblar sucessivamente minha prudência e vigilância, e serei enganado, a esta altura da vida, por uma mocinha inocente e um rapaz desmiolado? Como sábio filósofo, por vinte anos contemplei o triste destino de vários maridos e me informei com cuidado de todos os acidentes que fazem o infortúnio dos mais prudentes. Gozando por dentro da desgraça alheia busquei os meios, ao procurar uma esposa, de poder garantir proteção à minha testa e distingui-la de outras testas. Para esse nobre intento, tive a ideia de pôr em prática tudo aquilo que a estratégia humana consegue encontrar. Mas o destino parece ter decretado que nenhum homem aqui na Terra fique isento dessa praga, mesmo com toda a experiência e iluminação que eu possa ter adquirido sobre tais questões. Será que após mais de vinte anos estudando para me conduzir em tudo com precaução, fugindo da trilha de tantos outros maridos, vou acabar me vendo na mesma

desgraça? Ah, destino, seu carrasco! Você terá mentido! Mas ainda detenho o objeto perseguido. Se seu coração me for roubado por esse conquistador barato, ao menos impedirei que ele se apodere do resto, e esta noite, que seria a noite da façanha cavalheiresca, não se dará tão tranquila quanto pensa. Sinto um certo prazer, entre tantas tristezas, em que seja justamente ele a me avisar da armadilha que prepara para mim, e que esse desmiolado, que quer me ver morto, torne como confidente seu próprio rival.

CENA VIII
CRISALDO, ARNOLFO

CRISALDO

E, então, vamos jantar antes do passeio?

ARNOLFO

Não, esta noite será de jejum.

CRISALDO

Mas de onde saiu essa piada?

ARNOLFO

Peço licença, por favor. Tenho um problema a resolver.

CRISALDO

Desistiu do casamento?

ARNOLFO

Está preocupado demais com a vida dos outros, não?

CRISALDO

Ah, o que é isso, de repente? Algo o atormenta? Será que houve algum problema em seu namoro? A julgar por sua expressão, posso jurar que sim.

ARNOLFO

Não importa o que me aconteça, ao menos terei a vantagem de não me parecer com certas pessoas que sofrem mansamente com a abordagem de pretendentes.

CRISALDO

É estranho que você, com tanta sabedoria, continue se assustando com essas questões, que deposite nisso a condição da felicidade suprema, e não conceba no mundo nenhum outro tipo de honra. Ser sovina, bruto, hipócrita, malvado e covarde não é nada, a seu ver, comparado com essa mácula do corno. E não importa a maneira como se tenha vivido! Para você, o homem honrado é somente aquele sem chifres. Indo mais a fundo, por que quer acreditar que nossa glória depende de um caso fortuito, e que uma alma bem nascida seja culpada pela injustiça de um mal que não pode evitar? Repito: por que você quer que, ao tomar uma esposa, um homem tenha de escolher entre ser digno de louvor ou de condenação e forme um monstro repleto de medo da afronta que sua infidelidade nos traz? Ponha na cabeça que um homem digno pode ter uma imagem menos repugnante do chifre, e que como ninguém está livre dos golpes do acaso esse acidente em si deve ser indiferente. No final, todo o mal, não importa o que digam, está só na forma de encarar a coisa, pois para navegar bem por essas dificuldades é preciso, como em tudo, fugir dos extremos. Não se deve imitar essa gente boazinha demais que se envaidece desse tipo de coisa, que sempre fala dos pretendentes de suas esposas, elogiando e louvando seus talentos por toda parte, demonstrando estreitas simpatias por eles, comparecem a todas as suas festinhas e reuniões, e, com razão, espantam as pessoas com sua audácia em mostrar a cara. Essa postura, de fato, é muito lamentável. Mas o outro extremo não é menos condenável. Posso não aprovar quem se amiga com os pretendentes, mas tampouco aprovo pessoas turbulentas cuja imprudente angústia, que esbraveja e resmunga, atrai o olhar do povo para o barulho que faz, e parece não querer que ninguém ignore o que lhes acontece. Entre esses dois extremos existe um equilíbrio, onde se coloca o homem prudente. Quando sabe suportar, não há porque se envergonhar do pior que uma esposa possa fazer. Enfim, não importa o que digam, o chifre pode facilmente parecer menos assustador, e, como já lhe falei antes, toda habilidade está em saber como ver o lado bom das coisas.

ARNOLFO

Após esse belo discurso, toda a confraria deve um agradecimento à Vossa Senhoria! E quem quer que o ouça falar ficará feliz em ser admitido no clube.

CRISALDO

Não digo isso, pois é o que critico. Mas, como é o destino que nos dá uma esposa, digo que devemos fazer como no jogo de dados: se não vem o número que pedimos, é preciso ter destreza e uma alma contida para corrigir o acaso com a conduta correta.

ARNOLFO

Ou seja, dormir e comer bem, e se convencer de que nada disso é um problema.

CRISALDO

Você zomba, mas a verdade é que há centenas de coisas mais assustadoras no mundo que me deixariam bem mais infeliz do que esse acidente que tanto o assombra! Se tivesse de escolher, eu preferiria ser isso que você diz a me ver marido dessas mulheres de bem cujo mau humor faz tempestade em copo d'água, dessas guardiãs da virtude e megeras da moralidade, que se orgulham de sua sensata conduta e que, por nunca errarem, arrogam-se o direito de tratar os outros como inferiores. E querem, alegando fidelidade a nós, que aguentemos qualquer coisa vinda delas. Mais uma vez, compadre, aprenda que de fato o chifre é aquilo que se faz dele. Ele pode até ser desejável, em certos casos, e tem suas vantagens como tudo na vida.

ARNOLFO

Se sua disposição é se contentar... Já eu não pretendo ter essa experiência e prefiro não me sujeitar a tal aventura...

CRISALDO

Deus meu! Não jure, para não cometer perjúrio.

Se o destino decidiu, suas precauções serão inúteis.

Ninguém pedirá sua opinião.

ARNOLFO

Serei eu um chifrudo?

CRISALDO

Você reclama de barriga cheia! Milhares de pessoas também são e, sem querer ofender, nem se comparam a você em termos de aparência, alma, bens e casa.

ARNOLFO

E eu tampouco quero ser comparado a eles. Mas, resumindo, essa brincadeira me importuna. Paremos por aqui, por favor.

CRISALDO

Você está irritado. Ainda vamos descobrir a causa.

Adeus! Mas, lembre-se, não importa o que sua honra o inspire sobre o assunto, jurar que você não será isso que acabamos de falar já é meio caminho andado para ser.

ARNOLFO

Mais uma vez eu juro, e vou agora mesmo encontrar um bom remédio contra esse acidente.

Corre para bater à porta de sua casa.

CENA IX
ALAN, GEORGETTE, ARNOLFO

ARNOLFO

Meus amigos, é aqui que imploro por sua ajuda.
Fico satisfeito com sua afeição.
Mas é agora que ela precisa ser demonstrada, e, se vocês me servirem como espero, podem ter certeza de que serão recompensados. O homem que vocês sabem (silêncio a esse respeito!) quer, como descobri, me ludibriar esta noite, ao entrar escalando no quarto de Inês. Mas nós três precisamos preparar uma emboscada. Quero que cada um pegue um bastão, e quando ele estiver perto do último degrau (pois no momento certo abrirei a janela) vocês dois vão atacar com vontade o canalha, mas de um jeito que suas costas não se esqueçam e que o ensinem a nunca mais voltar. Sem mencionar meu nome de forma alguma nem insinuar que eu esteja por trás da coisa toda. Vocês terão coragem de respaldar minha raiva?

ALAN

Se for só para bater, *monsieur*, pode contar conosco.
O senhor vai ver: quando eu bater, vou bater com tudo!

GEORGETTE

E eu posso não parecer tão forte, mas cumprirei
meu papel em maltratá-lo.

ARNOLFO

Então entrem e bico calado.

Sozinho

Eis uma lição útil para o próximo: se todos os maridos desta cidade recebessem o pretendente da esposa como eu, o número de chifrudos seria menor.

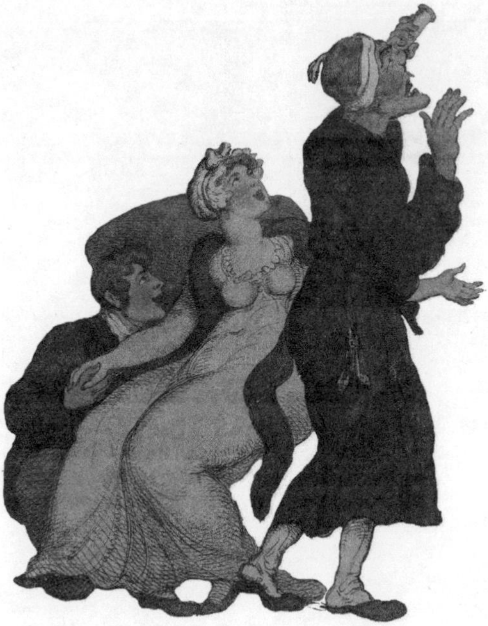

QUINTO ATO

CENA I
ARNOLFO, ALAN, GEORGETTE

ARNOLFO
Miseráveis! Mas o que foram fazer, que violência toda foi aquela?

ALAN
Só obedecemos ao senhor!

ARNOLFO
Desculpa mais esfarrapada. A ordem era bater nele, não matá-lo! E foi nas costas, não na cabeça, que mandei descer o pau. Meu Deus! O que o destino foi me aprontar! Que vou fazer com esse homem morto? Entrem na casa e não digam nada sobre essa ordem inocente que eu possa ter dado. *(sozinho)* Assim que o dia raiar, vou pensar em como devo me comportar nesse desastre. Ai, que desgraça! O que será de mim? E o que dirá o pai, quando souber o que aconteceu?

CENA II
HORÁCIO, ARNOLFO

HORÁCIO, *à parte*
Preciso investigar um pouco para ver quem é.

ARNOLFO, *pensando estar só*
Quem iria imaginar...
Esbarrando em Horácio, que não reconhece
Quem vem lá, por favor?

HORÁCIO
Senhor Arnolfo?

ARNOLFO
Sim, mas quem é você?...

HORÁCIO
É o Horácio. Eu estava justamente indo à sua casa pedir-lhe um favor. Como o senhor levanta cedo!

ARNOLFO, *em voz baixa, à parte*
Que confusão! Seria um feitiço? Um delírio?

HORÁCIO
A bem da verdade, eu estava em uma grande encrenca, e agradeço aos céus pela generosidade que me permitiu que o encontrasse aqui em boa hora.
Vim avisá-lo que tudo deu certo, muito mais do que eu

ousaria dizer, e devido a um incidente que poderia ter arruinado tudo! Não sei como podem ter suspeitado de nosso encontro, mas quando eu estava quase alcançando a janela apareceram do nada umas pessoas que me atacaram bruscamente, me desequilibraram e caí lá embaixo. E minha queda, apesar de causar alguns machucados, me salvou de levar vinte bordoadas. Essas pessoas, incluindo o ciumento, creio eu, acharam que caí pela força de seus golpes. E, como a dor me deixou imóvel por muito tempo, pensaram que haviam me matado de vez e logo se alarmaram. Eu ouvia o barulho que faziam em profundo silêncio. Um acusava o outro pela violência e, em total escuridão, queixando-se do destino, vieram me tatear gentilmente para ver se eu estava morto. Naquele breu, consegui me passar por cadáver. Eles foram embora apavorados. E, enquanto eu pensava em como fugir, a jovem Inês, comovida com essa morte fingida, aproximou-se de mim rapidamente. Pois a conversa dessas pessoas chegou aos seus ouvidos e, escapando da vigilância com toda a confusão, ela fugiu com facilidade da casa. Mas, ao ver que eu estava bem, ela manifestou uma emoção difícil de descrever. Que posso dizer? Enfim, essa adorável pessoa seguiu os conselhos dados por seu amado, não quis mais voltar para casa, e confiou seu destino a mim. Pense só como uma criatura inocente dessas está exposta à alta impertinência de um louco, e quantos riscos ela poderia correr, fosse eu um homem mal-intencionado. Mas minha alma está tomada por um amor puro: prefiro morrer a vê-la abusada. Vejo nela qualidades dignas de um destino

diferente, e só a morte poderia nos separar. Já consigo ver a
fúria de meu pai! Mas vamos esperar para acalmar sua ira.
Eu me deixo levar por seus ternos charmes, e, afinal,
é preciso ter alegria na vida.
O que quero do senhor, de forma leal e sigilosa, é que eu
possa deixar em suas mãos essa beleza e que ajude meu
namoro dando abrigo a ela em sua casa por ao menos dois
dias. Ademais, é preciso esconder do mundo sua fuga para
evitar qualquer perseguição. Sabe que uma moça com
uma beleza como essa causa suspeita na companhia de um
rapaz; e, como foi ao senhor, certo de sua prudência, que
confidenciei totalmente minha paixão, é ao senhor
somente, como generoso amigo, que posso confiar
esse depósito amoroso.

ARNOLFO
Estou totalmente a seu serviço, não tenha dúvida.

HORÁCIO
Pode mesmo me fazer essa gentileza?

ARNOLFO
Com muito prazer. E estou extasiado com a oportunidade de
servi-lo. Dou graças aos céus pelo que eles me enviam, e nunca
fiz nada com tanta alegria.

HORÁCIO
Devo tanto à sua bondade!
Temia que fosse encontrar resistência no senhor.

Mas, como sábio homem do mundo, sabe desculpar a paixão da
juventude. Um de meus criados está com ela virando a esquina.

ARNOLFO

Mas como faremos? Ainda está claro.
Se eu buscá-la aqui, talvez nos vejam.
E, se você aparecer na minha casa, a criadagem vai falar.
Para garantir, é melhor que me entregue a moça em um
lugar mais escuro. O caminho da minha casa é tranquilo,
eu espero você lá.

HORÁCIO

São precauções boas de se tomar. Por mim, eu só a deixo em
suas mãos e volto para minha casa logo e sem alarde.

ARNOLFO, *sozinho*

Ah, destino, esse acidente propício repara todos os
males causados por seus caprichos!
Cobre o nariz com o casaco

CENA III

INÊS, ARNOLFO, HORÁCIO

HORÁCIO

Não se preocupe com o lugar aonde a levo, vou deixá-la
em um abrigo seguro. Seria a ruína abrigar você comigo.
Entre por esta porta e deixe-se levar.
Arnolfo a pega pela mão sem que ela o reconheça.

INÊS

Por que está indo embora?

HORÁCIO

Eu preciso, querida Inês.

INÊS

Então peço que volte logo.

HORÁCIO

Minha paixão já me apressa o suficiente.

INÊS

Não sou feliz quando não o vejo.

HORÁCIO

Também fico triste sem sua presença.

INÊS

Duvido! Se fosse verdade, você ficaria.

HORÁCIO

O quê? Está duvidando do meu amor extremo?

INÊS

Não, mas você não me ama como eu o amo.
Arnolfo a puxa.
Ah! Não me puxe!

HORÁCIO

É que é perigoso, querida Inês, que sejamos vistos juntos neste lugar. E o perfeito amigo cuja mão você aperta age com o zelo prudente que nos interessa.

INÊS

Mas seguir um desconhecido que...

HORÁCIO

Não precisa temer nada. Você estará muito bem em suas mãos.

INÊS

Eu ficaria melhor nas mãos de Horácio.

HORÁCIO

E eu teria...

INÊS, *para quem a segura*

Espera.

HORÁCIO

Adeus! O dia me expulsa.

INÊS

Então, quando volto a vê-lo?

HORÁCIO

Logo, certamente.

INÊS

Até lá vou morrer de tédio!

HORÁCIO

Graças aos céus, minha felicidade não tem mais concorrência.
E agora posso dormir tranquilo.

CENA IV
ARNOLFO

ARNOLFO, *com o nariz no casaco*
   Venha, não vou abrigá-la aqui, preparei seu pouso
   em outro lugar.
   Pretendo colocá-la em um refúgio seguro.
   Revelando-se
   Não me reconhece?

INÊS, *reconhecendo-o*
   Ai!

ARNOLFO
   Meu rosto, sua tratante, assusta você nesta situação, e é a
   contragosto que me vê aqui?
   Estou atrapalhando seus planos amorosos?
   Inês procura Horácio.
   Ele está longe demais para ajudá-la. Rá!
   Tão jovem ainda, e já com esses truques!
   Parece tão inocente, perguntando se os bebês se fazem
   pela orelha, mas sabe marcar encontros noturnos, e sabe
   fugir sem barulho para seguir um conquistador! Meu Pai!
   Como sua língua é afetuosa com ele! Parece até que você
   frequentou uma boa escola. Quem diabos lhe ensinou tanta
   coisa de repente? Então não teme mais ver espíritos?
   Foi esse conquistador que lhe deu coragem para a noite?
   Ah, sua safada, quanta perfídia!

Depois de tudo que fiz por você, me apronta uma dessa!
Pequena serpente que criei em meu ninho, demonstra
ingratidão mordendo a mão daquele que a afaga!

INÊS

Por que está gritando comigo?

ARNOLFO

Até parece que estou errado!

INÊS

Não vejo mal nenhum no que fiz.

ARNOLFO

Ir atrás de um conquistador não é uma ação infame?

INÊS

É um homem que diz me querer como esposa, e segui as lições
que o senhor ensinou: é preciso casar para eliminar o pecado.

ARNOLFO

É verdade, mas eu é que pretendia tomá-la como esposa. E
parece-me que deixei isso bem claro a você.

INÊS

Sim, mas cá entre nós, ele me agrada muito mais.
Com o senhor, o casamento parece algo chato e penoso,
e seus discursos o pintam de uma forma terrível. Já ele fala de
forma tão cheia de prazeres que dá vontade de casar!

ARNOLFO

Ah! Então você o ama, traidora!

INÊS

Sim, amo!

ARNOLFO

E você tem a cara de pau de dizer isso para mim?

INÊS

Mas se é a verdade, por que eu não diria?

ARNOLFO

E por acaso era para você amá-lo, sua impertinente?

INÊS

Ora, e eu lá tive culpa? O culpado é ele! Eu nem pensava nisso, e quando vi a coisa já tinha acontecido.

ARNOLFO

Você tinha a obrigação de espantar esse desejo amoroso.

INÊS

Como espantar aquilo que dá prazer?

ARNOLFO

E não sabia que isso me daria desgosto?

INÊS

Eu? De jeito nenhum. Que mal isso poderia lhe fazer?

ARNOLFO

É verdade, eu devia era estar extasiado.

Mas então você não me ama mesmo?

INÊS

O senhor?

ARNOLFO

É.

INÊS

Ave maria, não!

ARNOLFO

Como não?

INÊS

Quer que eu minta?

ARNOLFO

Por que não me ama, Dona Insolente?

INÊS

Meu Deus, não é a mim que deve culpar.

Por que não se esforça para ser amado como ele?

Até onde eu sei, não fui eu que o impedi.

ARNOLFO

Eu fiz o que pude, mas meus esforços foram em vão.

INÊS

Então, na verdade, ele entende mais disso do que o senhor. Pois ele não teve dificuldades para se fazer amado.

ARNOLFO, *à parte*

Vejam só como argumenta e responde a plebeia! Peste! Uma *précieuse* falaria melhor? Ah, como me enganei com ela. Francamente, nesse assunto, uma tola sabe mais do que o mais hábil dos homens.

Para Inês

Já que raciocina tão bem, bela argumentadora, diga-me: por acaso alimentei você todo esse tempo para os braços de outro?

INÊS

Não. Pode deixar que ele vai lhe devolver até o último centavo.

ARNOLFO, *à parte*

Essas palavras que ela usa redobram meu desprezo.

Para Inês

Sua danada, acha que ele tem poder para me devolver todas as obrigações que você me deve?

INÊS

Não são tão grandes quanto pensa.

ARNOLFO

Acha que não foi nada cuidar de você desde criança?

INÊS

Nisso o senhor de fato se empenhou e fez com que tudo me ensinassem direitinho, não é mesmo? Acredita que me orgulho a ponto de não saber que sou uma besta? Tenho vergonha de mim mesma e, com a idade que estou, não quero mais passar por tola, se possível.

ARNOLFO

Você foge da ignorância e quer, custe o que custar, aprender algo com o conquistador?

INÊS

Isso mesmo. Foi com ele que descobri que eu posso saber. E creio que devo muito mais a ele do que ao senhor.

ARNOLFO

Não sei o que me impede que, com um soco, minha mão vingue a bravata dessa fala.
Fico furioso quando vejo que me provoca com sua frieza e alguns murros satisfariam meu coração!

INÊS

Ora! Mas o senhor pode, se isso lhe agrada.

ARNOLFO, *à parte*

Essa fala e esse olhar desarmam minha fúria, e trazem de volta meu carinho e amor, apagando a perfídia de sua ação. Como é estranho amar, e como é estranho que os homens se sujeitem com tal fraqueza a essas traidoras! Todo mundo conhece suas imperfeições. São extravagantes e indiscretas. Têm espírito nefasto e alma frágil. Não há nada de mais frágil e mais imbecil, nada de mais infiel. E, apesar disso, fazemos de tudo no mundo por esses animais!

Para Inês
Está bem, façamos as pazes. Vá lá, pequena traidora,
eu a perdoo por tudo e lhe devolvo meu carinho.
Considere o amor que tenho por você e, ao ver como
sou bom, retribua com seu amor.

INÊS

Do fundo do meu coração, gostaria de lhe agradar.
Se ao menos eu tivesse esse poder.

ARNOLFO

Meu docinho, você pode, se quiser.
Dá um suspiro.
Escute só este suspiro apaixonado, veja este olhar lânguido, contemple minha pessoa,
e largue esse remelento e o amor que ele lhe dá. Foi algum feitiço que ele lançou contra você, e comigo será cem vezes mais feliz. O que você mais quer é estar elegante e alinhada? Você sempre estará, eu prometo. Noite e dia, vou cobri-la de beijos e carícias. Pode se comportar como quiser. Isso já diz tudo, não preciso entrar em detalhes.
À parte, em voz baixa
O que a paixão não faz com uma pessoa!
Em voz alta
Enfim, nenhum amor se iguala ao meu. Que prova quer de mim, sua ingrata? Quer me ver chorar? Quer que eu me estapeie? Que eu me arranque os cabelos? Que eu me mate? Diga o que quer! Estou pronto para provar a você minha paixão, mulher cruel!

INÊS

Olha, seus discursos não me tocam a alma.
Horácio, em duas palavras, faria mais do que o senhor.

ARNOLFO

Ah, mas que afronta! Como me atiça a fúria!
Pois seguirei no meu intento, sua besta indócil, e
você sairá agora mesmo da cidade. Você me tira
do sério ao rejeitar meus desejos. Mas o fundo
de um convento será minha vingança.

CENA V
ALAN, ARNOLFO

ALAN

Não sei o que se passou, *monsieur*, mas me parece que
Inês e o cadáver saíram juntos.

ARNOLFO

Ela está aqui. Esconda-a no meu quarto. *(à parte)*
Ele não irá procurá-la ali. Ademais, é só por
meia hora. Vou arrumar um carro para levá-la
a um abrigo seguro. *(para Alan)* Tranquem bem
e sobretudo não tirem os olhos dela. *(sozinho)*
Talvez sua alma, uma vez fora de casa, acabe se
desenganando desse amor.

CENA VI
ARNOLFO, HORÁCIO

HORÁCIO

Ah, venho encontrá-lo arrasado pela dor! Os céus, senhor Arnolfo, decretaram meu infortúnio. E por uma fatalidade de tremenda injustiça querem me afastar da beldade que eu amo. Meu pai aproveitou o tempo fresco e viajou para cá, descobri que ele apeou aqui por perto. Resumindo: a razão de sua vinda, que eu ignorava, como já havia dito, era um casamento que ele arranjou para mim sem nem me avisar. Foi para celebrar essa união que ele veio para cá. Pense, ao saber de minha preocupação, se poderia me acontecer um contratempo mais temível. Esse Henrique, do qual lhe perguntei ontem, é a causa de todos os meus males; ele vem com meu pai coroar minha ruína e é à sua filha única que estou prometido. Pensei que eu fosse desmaiar assim que soube dos planos, e não quis ouvir mais nada. Como meu pai falou em visitar o senhor, fiquei com medo e procurei me antecipar a ele. Por favor, não revele nada de meu namoro que possa irritá-lo. E, já que ele tanto confia no senhor, peço que tente dissuadi-lo dessa outra aliança.

ARNOLFO

Certamente!

HORÁCIO

Aconselhe-o a esperar um pouco e faça esse favor de amigo pelo meu namoro.

ARNOLFO

Farei isso sem falta.

HORÁCIO

Conto com o senhor.

ARNOLFO

Pode deixar comigo.

HORÁCIO

O senhor é como um pai para mim.
Diga-lhe que na minha idade... Ah, olha lá ele vindo!
Escute os argumentos que vou lhe passar.
Eles permanecem em um canto do palco.

CENA VII

HENRIQUE, ORONTE, CRISALDO, HORÁCIO, ARNOLFO

HENRIQUE, *para Crisaldo*

Assim que o vi, sem que ninguém tivesse dito, eu o reconheci. Vejo em você todos os traços de sua adorável irmã, que outrora foi minha, pelo matrimônio. Como eu seria feliz se a cruel Parca tivesse me deixado trazer de volta essa fiel esposa, para desfrutar comigo um sensato deleite de rever todos os seus entes queridos após nosso longo infortúnio! Mas, já que a fatal potência do destino nos privou para sempre de sua cara presença, vamos nos resignar e nos contentar com o único fruto que restou de nosso amor.

Isso o afeta diretamente. E sem sua aprovação seria um erro dispor dessa garantia. A escolha pelo filho de Oronte é gloriosa em si, mas essa escolha deve agradar tanto a você quanto a mim.

CRISALDO
Seria ter má opinião do meu juízo duvidar de que eu aprovasse uma escolha tão legítima.

ARNOLFO, *à parte para Horácio*
Pode deixar que vou ajudá-lo.

HORÁCIO, *à parte para Arnolfo*
Mais uma vez, cuidado...

ARNOLFO, *para Horácio*
Não se preocupe.

ORONTE, *para Arnolfo*
Ah, que abraço mais cheio de ternura!

ARNOLFO
Que alegria enorme vê-lo!

ORONTE
Eu vim aqui para...

ARNOLFO
Nem precisa falar, já sei o que o traz aqui.

ORONTE

Já lhe contaram?

ARNOLFO

Já.

ORONTE

Menos mal.

ARNOLFO

Mas seu filho resiste a esse enlace em que só enxerga
tristeza, pois seu coração já tem dona.
Ele chegou a me pedir para dissuadi-lo...
O único conselho que posso dar é: não deixe que esse
casamento se adie e faça valer sua autoridade de pai!
É preciso ser enérgico com os jovens; sendo indulgentes,
é um desfavor que fazemos a eles.

HORÁCIO, *à parte*

Ora essa, mas que traidor!

CRISALDO

Se seu coração sente repulsa, digo que não devemos forçá-lo.
Creio que meu irmão pensará o mesmo.

ARNOLFO

O quê? Vai permitir se governar pelo filho? Como um pai
pode ser tão fraco a ponto de não conseguir a obediência
de um jovem? Seria bonito de fato vê-lo hoje obedecendo às

ordens de quem deveria recebê-las! Não, não: é meu amigo íntimo, e sua reputação é a minha. Ele deu sua palavra e precisa cumpri-la! Que ele demonstre firmeza e obrigue o filho a honrar todos os compromissos.

ORONTE

Falou certo.
Nessa aliança, sou eu que respondo por sua obediência.

CRISALDO, *para Arnolfo*

Quanto a mim, estou surpreso com o grande entusiasmo que você demonstra por esse noivado. Não consigo imaginar por qual motivo...

ARNOLFO

Eu sei o que estou fazendo, é tudo que precisa ser dito.

ORONTE

Sim, sim, o senhor Arnolfo está...

CRISALDO

Esse nome o deixa de mau humor.
Ele já disse que prefere ser chamado de Senhor da Cepa.

ARNOLFO

Ah, tanto faz.

HORÁCIO, *à parte*

O que é que estou ouvindo?

ARNOLFO, *virando-se para Horácio*

Sim, era esse o mistério. Agora pode julgar o que eu deveria fazer.

HORÁCIO, *à parte*

Mas que encrenca a minha...!

CENA VIII
GEORGETTE, HENRIQUE, ORONTE, CRISALDO, HORÁCIO, ARNOLFO

GEORGETTE

Monsieur, se o senhor não vier, será difícil continuar
segurando Inês. Ela quer fugir a todo custo,
e é bem capaz que salte pela janela.

ARNOLFO

Tragam-na até a mim. Pretendo levá-la comigo agora mesmo.

Para Horácio

Não fique bravo. Uma sorte contínua torna o homem soberbo,
e todos têm sua vez, como diz o provérbio.

HORÁCIO

Ó Céus! Que azar sem igual o meu!
Nunca ninguém se viu em um abismo como este onde estou!

ARNOLFO, *para Oronte*

Adiante o dia da cerimônia.
Pretendo participar, e já estou me convidando.

ORONTE

Era mesmo nossa intenção.

CENA IX

INÊS, ALAN, GEORGETTE, ORONTE, HENRIQUE, ARNOLFO, HORÁCIO, CRISALDO

ARNOLFO, *para Inês*

Venha, minha bela! Venha, sua indomável rebelde! Seu galã está aqui. Como recompensa, permito que faça a ele uma doce e humilde reverência.

Para Horácio

Adeus. O fato contraria um pouco seus desejos, mas nem sempre dá para agradar a todos os pombinhos apaixonados.

INÊS

Horácio! Vai deixar que me levem assim?

HORÁCIO

Dói tanto que nem sei onde estou!

ARNOLFO

Vamos andando, sua falastrona.

INÊS

Quero ficar aqui.

ORONTE

Podem nos fazer o favor de explicar que mistério é esse? Estamos olhando uns para os outros sem entender nada.

ARNOLFO

Quando eu tiver mais tempo, poderei explicar. Até outra hora.

ORONTE

Aonde pretende ir? Não está falando conosco como se deve.

ARNOLFO

Eu o aconselhei, apesar dos protestos, a realizar o casamento.

ORONTE

Sim. Mas, para realizá-lo, ainda falta alguém. Se é que lhe contaram tudo, não disseram que o senhor tem em sua casa a pessoa em questão, a filha da adorável Angélique, que a teve secretamente com o senhor Henrique? Então em quê seu discurso se baseia?

CRISALDO

Também fiquei espantado de ver seu procedimento.

ARNOLFO

O quê?...

CRISALDO

Minhã irmã teve uma filha de um enlace secreto, que ela escondeu de toda a família.

ORONTE

E que, para que ninguém descobrisse, foi entregue por seu marido para ser criada no campo sob um nome falso.

CRISALDO

E nesse meio-tempo, o destino declarou guerra contra ele e o obrigou a sair de sua terra natal.

ORONTE

Para ir sofrer mil perigos diversos nessas terras apartadas de nós por tantos mares.

CRISALDO

Onde seus esforços conquistaram o que em sua pátria a mentira e a inveja poderiam ter lhe roubado.

ORONTE

De volta à França, ele logo procurou aquela a quem confiara o destino de sua filha.

CRISALDO

E essa camponesa disse, com franqueza, que havia deixado a menina nas suas mãos aos quatro anos de idade.

ORONTE

E que ela o fez por se encontrar em extrema pobreza e contou com sua caridade.

CRISALDO
E ele, cheio de enlevo e alegria na alma, trouxe essa mulher para cá.

ORONTE
Enfim, ela estará aqui em breve para esclarecer a todos esse mistério.

CRISALDO, *para Arnolfo*
Creio entender qual é seu suplício; mas nesse caso o destino foi seu amigo. Se acha que é tão importante assim não ser cornudo, o único jeito é nunca se casar.

ARNOLFO, *indo embora transtornado, sem conseguir falar*
Hunf!

CENA X
HENRIQUE, ORONTE, CRISALDO, INÊS, HORÁCIO

ORONTE
Mas como ele foge assim, sem dizer palavra?

HORÁCIO
Ah, meu pai, o senhor saberá tudo sobre esse surpreendente mistério.
O acaso executou exatamente o que sua sabedoria havia planejado. Eu já estava comprometido com essa beldade pelos doces laços de um amor recíproco. Mas, resumindo, ela é justamente a jovem que o senhor veio buscar, e pensei que minha rejeição a ela o enfureceria.

HENRIQUE

Não tive dúvidas assim que a vi, e minha alma vibra por ela desde então. Ah, minha filha, estou extasiado!

CRISALDO

Eu faria de bom grado o mesmo, meu irmão. Mas o local não é apropriado para isso. Vamos entrar na casa, desvendar esses mistérios e retribuir ao nosso amigo por todos seus préstimos. E dar graças aos céus, que sempre fazem tudo pelo melhor.

CRÍTICA DE ESCOLA DE MULHERES

Tradução: Otavio Albano

INTRODUÇÃO[1]

*Comédia encenada pela primeira vez em Paris, no dia
1º de junho de 1663, no Teatro do Palais-Royal.*

Armado por Luís XIV e por ele protegido, Molière continua sua campanha: guerra contra todas as regras em uma beligerante comédia em sete atos, sendo os cinco primeiros em verso e os dois últimos em prosa[2].

Um certo abade Dubuisson[3], que tinha alguma autoridade e protegia as artes dramáticas, tendo tomado a alcunha de introdutor das "belas alcovas[4]", disse um dia a Molière que não lhe faria nenhum mal colocar em cena seus rivais e inimigos, fazendo-lhes proferir discursos que haviam usado contra si e lhes e refutando as palavras com as falas de um homem de bom senso. O tal abade já tentara fazer o mesmo.

---

1 Como na introdução de "Escola de Maridos", escrita por Philarète Chasles (1798-1873). (N. do T.)
2 O editor se refere aqui à peça "Escola de Mulheres", composta por cinco atos em verso, e à peça que segue, uma resposta às críticas do público à primeira encenação, que teve os dois atos transformados em apenas um, posteriormente. (N. do T.)
3 Pierre-Ulric Dubuisson (1746-1794) foi um ator, autor e diretor de teatro francês. (N. do T.)
4 Referência aos salões dos membros da corte, que reuniam a elite intelectual francesa pré-revolução. (N. do T.)

Molière leu o que ele produzira, aprovou a ideia, apropriou-se dela e a executou, e da conversa de salão daí resultante — em que aparecem diversas preciosidades, o chefe das conspirações literárias, Boursault[5], e o líder da gente mundana, o Duque de la Feuillade[6] — resultou um trabalho encantador. Toda a sua teoria dramática se revela então: estudar, caracterizar os homens, pintá-los vivamente, deleitar-se e despertar interesse, sem ouvir nem a afetação das damas esnobes, nem o conhecimento ultrapassado dos pedantes, nem as frívolas leviandades dos cortesãos; compreender a natureza e a humanidade; entregar-se de boa-fé, como ele mesmo dizia, "ao que mexe com suas entranhas"; enfim, criar regras e não obedecê-las: eis a base de sua doutrina. Nada mais do que a livre submissão dos espíritos superiores.

Este diálogo admirável e leve, bastante semelhante ao que Shakespeare colocou em seu Hamlet, incita a crítica enviesada e sutil de Boursault, que percorreu as mesmas alcovas para destruir a reputação de Molière, protestando contra a estima pelo grande escritor; instiga também o supremo desdém do duque de la Feuillade pelas populares palavras utilizadas n'"Escola de Mulheres"; a zombaria da jovem nobreza e o sarcasmo dos *turlupins*[7] contra o fascínio burguês por Sganarello[8]; a ênfase dramática dos atores do Hôtel de Bourgogne; enfim, as pretensões dos doutores que não queriam que o público

---

5 Edmé Boursault (1638-1701) foi um dramaturgo francês, inimigo declarado de Molière. (N. do T.)

6 Louis d'Aubusson de la Feuillade, duque de Roannais (1673-1725), foi um oficial militar e cortesão francês. (N. do T.)

7 Na França medieval, os *turlupins* eram participantes de uma seita religiosa cristã leiga. À época de Molière, o termo passou a ser sinônimo de pessoas acostumadas a fazer piadas de mau gosto. (N. do T.)

8 Personagem da peça "Escola de Maridos". (N. do T.)

se divertisse com fórmulas diferentes das suas. Pedantes e austeros, marqueses e rivais, afetados e oradores, todos foram silenciosos. Ninon de Lenclos[9], Chapelle[10], La Fontaine[11] e Boileau[12] proclamavam aos quatro cantos a encantadora ingenuidade do grande artista.

O papel de uma criatura inteligente e fina se destaca vivamente entre os interlocutores; ela parece aprovar o que zomba e encoraja com irônicos e gentis elogios a evolução do ridículo. Esse papel foi confiado à esposa de Molière, Armande[13] que, sem dúvida, teria se aproximado do marido por puro remorso ou capricho. Em todos os papéis que oferecia à esposa, Molière dava destaque à vivacidade e ao fascínio involuntário e cáustico que tanto admirava em Armande. Henrieta, Angélica, Elisa, Climena e até mesmo Agnes são simplesmente as diferentes facetas de um mesmo retrato; todas representam a brilhante Armande, essa mulher dotada de todos os encantos e pouquíssimas virtudes, o anjo e o demônio do contemplativo Molière.

Philarète Chasles

---

9 Anne "Ninon" de l'Enclos (1620-1705) foi uma cortesã, escritora e patrona de artes. (N. do T.)
10 Claude-Emmanuel Luillier, conhecido como Chapelle (1626-1686), foi um autor francês, amigo íntimo de Molière. (N. do T.)
11 Jean de La Fontaine (1621-1695) foi um poeta e fabulista francês. (N. do T.)
12 Nicolas Boileau-Despréaux (1636-1711) foi um poeta, tradutor, polemista e teórico da literatura francês. (N. do T.)
13 Armande Béjart (1640-1700) foi uma atriz de teatro francesa, também conhecida pelo nome artístico Mademoiselle Molière. Foi uma das atrizes mais famosas do século 17. (N. do T.)

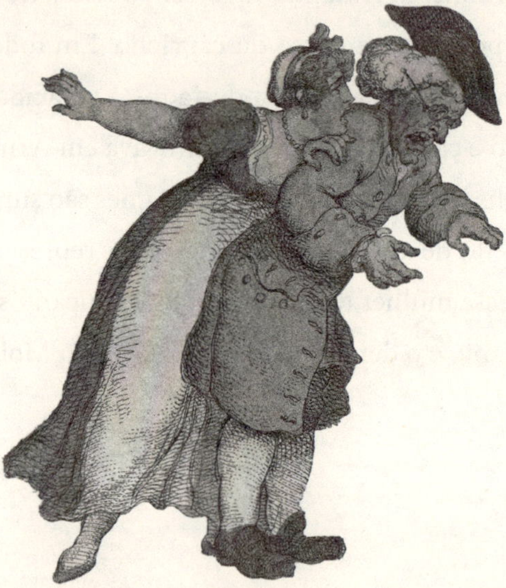

DEDICATÓRIA

À Rainha Mãe[14]

Madame,

Sei muito bem que em nada interessa à Vossa Majestade todas estas nossas dedicatórias e que esses pretensos deveres que lhe devotam com toda a elegância são homenagens que, para vos dizer toda a verdade, ela nos dispensaria de bom grado. Mas não renuncio à audácia de lhe dedicar esta "Crítica de Escola de Mulheres" e não poderia perder esta pequena ocasião de poder exprimir minha alegria a Vossa Majestade pelo feliz restabelecimento de nossa maior e melhor princesa do mundo, permitindo-nos desfrutar de seus muitos anos de saúde vigorosa. Como cada um vê as coisas do ângulo que melhor lhe toca, regozijo-me, nesta alegria generalizada, por ainda poder obter a honra de divertir Vossa Majestade; ela, madame, que atesta tão bem que a verdadeira devoção não é oposta aos divertimentos honestos; ela que, do alto de pensamentos elevados e importantes ocupações, desce com tanta humanidade até o prazer de nossos espetáculos e não

---

14 Ana da Áustria ou Ana da Espanha (1601-1666), esposa do rei Luís XIII, rainha consorte da França e Navarra de 1615 até 1643 e regente durante a menoridade do filho Luís XIV, entre 1643 e 1651. (N. do T.)

se recusa a rir com os mesmos lábios com que ora tão bem a Deus. Devo lhe dizer que meu espírito se envaidece com a esperança de tal glória; madame, aguardo esse momento com toda a impaciência do mundo e, quando finalmente gozar dessa felicidade, será então a maior alegria que poderia receber de Vossa Majestade este vosso servo muito humilde, muito submisso e muito agradecido,

Jean-Baptiste Poquelin, Molière.

PERSONAGENS

URÂNIA

ELISA

CLIMENA

MARQUÊS

DORANTE, ou O CAVALEIRO

LÍSIDAS, poeta

GALOPIN, criado

A cena se passa em Paris, diante da casa de Urânia.

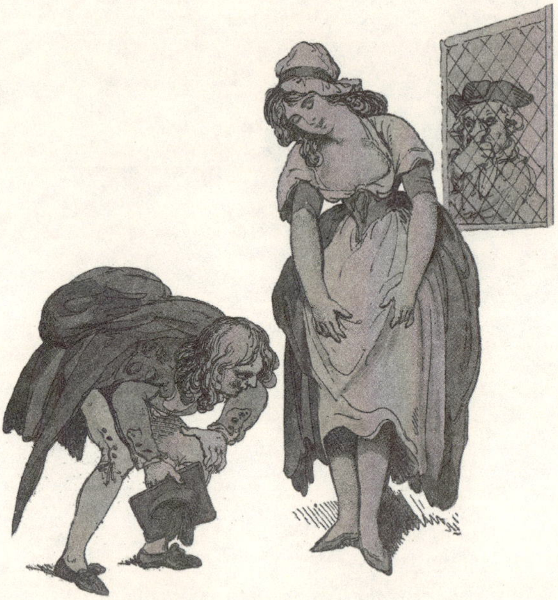

Cena I

URÂNIA, ELISA

URÂNIA
Mas, prima, ninguém veio visitá-la?

ELISA
Absolutamente ninguém.

URÂNIA
Realmente, surpreende-me muito que nós duas estejamos sozinhas justamente hoje.

ELISA
Isso também me surpreende, porque não é nosso costume; e sua casa, graças a Deus, é um refúgio comum para todos os ociosos da corte.

URÂNIA
Para falar a verdade, a tarde me pareceu muito longa.

ELISA
Eu achei-a muito curta.

URÂNIA
É porque os espíritos refinados, minha prima, adoram a solidão.

ELISA

Ah, você sabe bem que ser uma muito humilde serva com o espírito refinado não é um de meus objetivos.

URÂNIA

Quanto a mim, gosto de companhia, confesso.

ELISA

Também me agrada, mas prefiro escolhê-la; e a quantidade de visitas tolas que se deve suportar em meio às que interessam é muitas vezes a razão pela qual tenho tanto prazer em ficar sozinha.

URÂNIA

Somos delicadas demais para poder desfrutar apenas de pessoas escolhidas.

ELISA

E nossa benevolência é popular demais para ter que compartilhar de forma indiscriminada da companhia de todo tipo de gente.

URÂNIA

Aprecio aqueles que são razoáveis e me divirto com os extravagantes.

ELISA

Francamente, os extravagantes não precisam de muito para nos aborrecer, e a maioria deles deixa de ser agradável já na segunda visita. Mas, por falar em extravagantes, você não vai se livrar do seu inconveniente Marquês? Está pensando em empurrá-lo sempre para mim, achando que sou capaz de suportar suas infinitas piadas de mau gosto?

URÂNIA

Mas esse tipo de conversa está na moda e já virou uma espécie de brincadeira na corte.

ELISA

Problema para quem faz esse tipo de coisa, esforçando-se o dia todo para participar desse jargão obscuro. Mas que beleza introduzir nas conversas do Louvre esse tipo de ambiguidade arcaica retirada da sujeira dos salões e da Place Maubert[15]! Para os cortesãos, a única maneira de fazer uma piada ou demonstrar bom humor é vir lhe dizer: "Madame, imagine que está na Place Royale e todos podem vê-la a quinze quilômetros de Paris, já que todos a veem com bons olhos... Porque *Bonzolhos* é um vilarejo a quinze quilômetros daqui!". Não é uma piadinha muito distinta e espirituosa? E aqueles que acham esse tipo de conversa inteligente não têm motivos para se vangloriar dela?

URÂNIA

Ninguém acha que esse tipo de coisa é espirituosa; e a maioria dos que se esforçam para esse tipo de brincadeira sabe muito bem que ela é ridícula.

---

15 Local de execução pública de Paris no século 17. (N. do T.)

ELISA

Pior ainda para eles se esforçam-se para falar bobagens e fazer piadas de mau gosto de propósito. Considero-os menos merecedores de perdão e, se fosse seu juiz, sei bem a que condenaria todos esses senhores piadistas.

URÂNIA

Deixemos de lado esse assunto que a irrita um pouco demais e vamos admitir que, na minha opinião, Dorante está demorando muito para a ceia que devemos comer juntos.

ELISA

Talvez ele tenha se esquecido, e...

Cena II

URÂNIA, ELISA, GALOPIN

GALOPIN

Madame, Climena está aqui para vê-la.

URÂNIA

Ai, meu Deus! Mas que visita!

ELISA

Você estava reclamando de se sentir sozinha e o céu lhe enviou seu castigo.

URÂNIA

Rápido, mande dizer que não está em casa.

GALOPIN

Já foi dito que a senhora estava.

URÂNIA

E quem foi o tolo que disse isso?

GALOPINA

Eu, madame.

URÂNIA

Caramba, mas que travesso! Vou ter que lhe ensinar a responder de modo apropriado.

GALOPIN

Vou lhe dizer, madame, que a senhora está a ponto de sair.

URÂNIA

Alto lá, animal! Deixe-a subir, já que a tolice está feita!

GALOPIN

Ela ainda está conversando com um homem na rua.

URÂNIA

Ah, prima, como essa visita me complica a uma hora dessas!

ELISA

A verdade é que essa senhora já é bastante complicada por natureza; sempre tive uma aversão medonha por ela; e com todo o respeito às suas qualidades, trata-se da mais estúpida besta que já se pôs a pensar.

URÂNIA

Tal alcunha é um pouco forte.

ELISA

Ora, ora, ela bem que a merece, e até mais se quisermos lhe fazer justiça. Por acaso existe alguém que mereça mais do que ela a denominação de "preciosista", no sentido mais terrível da palavra?

URÂNIA

No entanto, ela rejeita completamente esse título.

ELISA

É verdade; ela se afasta de tal nome, mas não de seu significado; pois, afinal, trata-se de uma preciosista da cabeça aos pés, e a maior fingida do mundo. Parece que todo o corpo dela está prestes a desmontar, que os movimentos de seus quadris, ombros e cabeça são comandados por molas; e ela sempre fala com um tom lânguido, bobo, fazendo beicinho para que a boca pareça pequena e revirando os olhos para que pareçam grandes.

URÂNIA

Fale baixo! Vai que ela ouve...

ELISA

Calma, calma, ela ainda não está subindo as escadas. Ainda me lembro da noite em que ela quis ver Damon, simplesmente por causa de sua reputação e das coisas que toda a gente falava dele. Você o conhece bem, e também sua preguiça em manter uma conversa. Ela o convidara para jantar por pura afetação e ele se mostrou bastante estúpido, cercado por meia dúzia de pessoas a quem ela o recomendara e que o observavam com os olhos arregalados, como se ele fosse alguém feito de um estofo diferente do deles. Achavam que estava ali para os munir de piadas, que cada palavra que saísse de sua boca tinha que ser extraordinária, que suas respostas deveriam ser todas improvisadas e que deveria pedir qualquer bebida com certo sarcasmo, mas ele os decepcionou absolutamente com seu silêncio, e essa dama ficou tão irritada com ele quanto eu fico com ela.

URÂNIA

Cale a boca. Vou recebê-la à porta.

ELISA

Só mais uma coisinha... Gostaria muito de vê-la casada com o Marquês, de quem acabamos de falar. Que belo par: uma preciosista e um piadista de mau gosto.

URÂNIA

Quer calar a boca? Aí está ela.

Cena III

CLIMENA, URÂNIA, ELISA, GALOPIN

URÂNIA

Francamente, já faz muito tempo que...

CLIMENA

Ai, por favor, minha querida, arranje-me um lugar para sentar sem demora.

URÂNIA, *para Galopin*

Uma poltrona, rápido.

CLIMENA

Ai, meu Deus!

URÂNIA

O que foi?

CLIMENA

Não aguento mais!

URÂNIA

O que está sentindo?

CLIMENA

Meu coração está fraco.

URÂNIA

Não seriam gases?

CLIMENA

Não.

URÂNIA

Quer que afrouxemos suas roupas?

CLIMENA

Ah, meu Deus, não!

URÂNIA

Onde dói? E desde quando está se sentindo assim?

CLIMENA

Há mais de três horas, desde que estive no teatro do Palais-Royal.

URÂNIA

Como assim?

CLIMENA

Deus me perdoe, mas acabei de assistir àquela asquerosa rapsódia chamada "Escola de Mulheres". Meu coração ainda não se recuperou, tamanha a dor de cabeça que senti, e acho que ainda vai demorar uns quinze dias até que eu volte ao normal.

ELISA

Para a senhora ver como as doenças acontecem das formas mais impensáveis!

URÂNIA

Minha prima e eu devemos ter propensões bastante diferentes da sua, pois anteontem fomos ao mesmo teatro e voltamos gozando de boa saúde e pleno vigor.

CLIMENA

O quê? As senhoras assistiram àquilo?

URÂNIA

Sim, do começo ao fim.

CLIMENA

E não teve convulsões, minha querida?

URÂNIA

Não sou assim tão delicada, graças a Deus. E, na minha opinião, tal comédia tem mais capacidade de curar do que de adoentar as pessoas.

CLIMENA

Ah! Meu Deus! O que está dizendo? Esse tipo de comentário vindo de uma pessoa tão cheia de bom senso. Como alguém como a senhora pode faltar com a razão tão impunemente? Com toda a sinceridade, é possível existir um espírito tão sedento de piadas que seja capaz de ignorar todas as mentiras que abundam nessa comédia? Para mim, nada daquilo tinha gosto. As "crianças pelo ouvido" me pareceram de gosto detestável, a "torta de creme" paralisou meu coração e a tal "sopa" me deu ânsia de vômito[16].

ELISA

Meu Deus! Como tudo é dito com tamanha elegância! Era da opinião de que a peça era boa, mas a senhora fala com tanta persuasão, expõe as coisas de uma maneira tão agradável, que é preciso concordar com seus sentimentos, mesmo que se tenha os próprios.

URÂNIA

Quanto a mim, não sou tão complacente. E, se é para dizer o que penso, considero essa comédia uma das mais agradáveis que o autor já produziu.

CLIMENA

Ah! Me dá tanto dó ouvi-la falar assim... Não poderia permitir um discernimento tão confuso. Como pode ser que alguém tão cheio de virtude encontre prazer em uma peça que ofende o pudor e mancha a imaginação a todo momento?

ELISA

Mas como a senhora fala muitíssimo bem! Com certeza, a senhora é uma crítica ferrenha, e tenho muita pena do pobre Molière por tê-la como inimiga!

---

16 Os termos entre aspas são referências a expressões usadas na peça citada anteriormente, "Escola de Mulheres". (N. do T.)

CLIMENA

Acredite-me, minha querida, tenha a boa-fé de retificar sua opinião e, em nome de sua honra, não diga a mais ninguém que gostou dessa comédia.

URÂNIA

Não sei o que encontrou nela que tanto ofende o pudor.

CLIMENA

Infelizmente, tudo! E repito que uma mulher honesta não poderia vê-la sem se sentir atordoada, tamanha a quantidade de lixo e imundície nela contida.

URÂNIA

Para ver tal imundície, no entanto, é necessário certo discernimento que os outros não têm, já que eu não cheguei a ver nada de sujo nela.

CLIMENA

É porque a senhora, com certeza, não se predispôs a vê-la, pois, graças a Deus, toda a sujeira está bem visível; não há nada a cobri-la, e mesmo os olhos mais atrevidos se assustam com sua nudez.

ELISA

Ah, sim?

CLIMENA

Sim, sim, sim.

URÂNIA

Mas então, por favor, dê-nos um exemplo dessas imundícies.

CLIMENA

Ai de mim! É preciso dar exemplos?

URÂNIA

Certamente. Mas apenas estamos pedindo algo que a tenha realmente chocado.

CLIMENA

É preciso algo mais além daquela cena da tal Agnes, quando ela cita o que lhe foi tirado?

URÂNIA

Pois bem, o que há de sujo nesse episódio?

CLIMENA

Sério?

URÂNIA

Por favor!

CLIMENA

Urgh!

URÂNIA

E então?

CLIMENA

Não tenho nada a lhes dizer.

URÂNIA

Eu não vejo mal nenhum nisso.

CLIMENA

Que terrível para a senhora.

URÂNIA

Parece-me que, pelo contrário, não há nada de terrível. Olho para as situações como me são colocadas, sem virá-las do avesso para procurar algo que não deveria ser visto.

CLIMENA

Logo se vê a honestidade de uma mulher...

URÂNIA

A honestidade de uma mulher não se expressa em caretas. Não convém tentar ser mais sábio do que os próprios sábios. A afetação nesse tipo de assunto é ainda pior do que em qualquer outro, e não vejo nada mais ridículo do que essa honra tão frágil que vê mal em tudo, que dá um sentido criminoso às palavras mais inocentes, ofendendo-se com a mera sombra das coisas. Acredite-me, aquelas que se fazem de muito pudicas não são consideradas mulheres de bem mais do que as outras. Pelo contrário, sua assombrosa austeridade e suas caretas afetadas incitam a censura de todos acerca das ações de sua vida. Nós nos alegramos em descobrir o que ainda há a ser dito; para lhe dar um exemplo: no outro dia, diante de nosso camarote, havia outras mulheres assistindo a essa comédia e, pelos seus olhares, pela forma como viravam a cabeça e escondiam o rosto durante toda a peça, era possível perceber centenas de disparates em sua conduta — o que seria impossível sem suas afetações; e qualquer um, mesmo os lacaios, poderiam gritar aos quatro cantos que elas eram mais castas nos ouvidos do que em todo o resto do corpo.

CLIMENA

Mas, afinal, é preciso ser cego nessa peça para fingir não ver o que está lá.

URÂNIA

Não se deve querer ver o que não está lá, isso sim.

CLIMENA

Ah! Devo insistir, uma vez mais, que a imundície é de perfurar os olhos.

URÂNIA

E eu devo continuar a discordar.

CLIMENA

Mas como? O pudor não é visivelmente atacado com o que Agnes diz na parte da peça de que falamos?

URÂNIA

De forma nenhuma. Ela não diz nada que, por si só, não seja extremamente honesto; e se a senhora quer ouvir qualquer coisa de imoral no que ela fala, a imundície está na senhora, não nela, já que ela simplesmente diz que uma "fita" lhe foi tirada.

CLIMENA

Ah! Que seja "fita" para quem quiser, mas esse nome não está lá à toa. Serve justamente para gerar pensamentos incomuns, para causar intensos escândalos e, digam o que disserem, é impossível defender a insolência de tal nome.

ELISA

É verdade, minha prima, concordo com a senhora nesse caso. Tal nome é extremamente insolente, e você não tem razão em defendê-lo.

CLIMENA

Há nele uma obscenidade insuportável.

ELISA

Como a senhora pronuncia essa palavra?

CLIMENA

Obscenidade, minha senhora.

ELISA

Ah, meu Deus! Obscenidade. Não sei o que essa palavra significa, mas a julgo a mais bonita do mundo.

CLIMENA

Finalmente! Está percebendo como seus instintos me dão razão?

URÂNIA

Ai, meu Deus, é uma tagarela que nem sequer pensa no que diz. Não se atenha muito a isso, se não quiser admitir que acredita em mim.

ELISA

Ah! Como você é má, querendo me tornar suspeita aos olhos da madame! Imagine onde eu estaria se ela acreditasse no que você diz! Eu ficaria tão infeliz, minha senhora, se tivesse essa espécie de opinião a meu respeito!

CLIMENA

Não, não, não ligo para esse tipo de palavra, e acredito que a senhora seja muito mais sincera do que ela no que diz.

ELISA

Ah! Tem toda a razão, minha senhora, e me faz justiça ao acreditar que a considero a pessoa mais cativante do mundo, que partilho de todos os seus sentimentos e me encanto com todas as expressões que saem de sua boca!

CLIMENA

Ai de mim! Sempre falo sem a mínima afetação.

ELISA

Podemos ver, madame, que tudo é natural na senhora. Suas palavras, o tom de sua voz, sua aparência, seus passos, sua ação e seu porte têm certo ar de virtude que encanta as pessoas. Eu estudo a senhora com meus olhos e ouvidos, e estou tão empanturrada da senhora que tento macaqueá-la e imitá-la em tudo.

CLIMENA

A senhora está zombando de mim!

ELISA

Perdoe-me, madame. Quem iria querer zombar da senhora?

CLIMENA

Não sou um bom modelo, madame.

ELISA

Mas claro que sim, madame!

CLIMENA

Assim a senhora me lisonjeia, madame.

ELISA

De modo nenhum, madame.

CLIMENA

Poupe-me, por favor, madame.

ELISA

Já a estou poupando, madame, pois não digo nem a metade do que penso, madame.

CLIMENA

Ah, meu Deus! Paremos por aqui, por favor. A senhora seria capaz de me colocar em uma confusão terrível.

Para Urânia
Por fim, somos duas contra a senhora, e a teimosia cai tão mal em pessoas espirituosas...

Cena IV
MARQUÊS, CLIMENA, URÂNIA, ELISA, GALOPIN

GALOPIN, *à porta da sala*
Senhor, pare, por favor.

MARQUÊS
Sem dúvida você não me conhece.

GALOPIN
Sim, conheço o senhor, mas ainda assim não deve entrar.

MARQUÊS
Ah! Quanto escarcéu, criadinho!

GALOPIN
Não é de bom-tom querer entrar à força.

MARQUÊS
Quero ver sua patroa.

GALOPIN
Ela não está, estou lhe dizendo.

MARQUÊS
Lá está ela, na sala.

GALOPIN

É verdade, lá está ela; mas, ao mesmo tempo, não está presente.

URÂNIA

O que está acontecendo?

MARQUÊS

É o seu criado se fazendo de bobo, madame.

GALOPIN

Estou lhe dizendo que a senhora não está, e ele insiste em querer entrar.

URÂNIA

E por que você está dizendo ao senhor que não estou?

GALOPIN

Outro dia, a senhora me repreendeu por lhe ter dito que estava.

URÂNIA

Mas olhem só para este insolente! Por favor, senhor, não acredite no que ele diz. Nada mais é que um desmiolado e o tomou por outra pessoa.

MARQUÊS

Logo percebi, madame; e se não fosse meu respeito pela senhora, ter-lhe-ia ensinado a reconhecer pessoas de qualidade.

ELISA

Minha prima lhe agradece imensamente por tamanha cortesia.

URÂNIA, *para Galopin*

Vá buscar um assento, seu impertinente!

GALOPIN

E isso aqui não é um assento?

URÂNIA

Traga-o para mais perto!

Galopin empurra a cadeira com força e sai.

Cena V

MARQUÊS, CLIMENA, URÂNIA, ELISA

MARQUÊS

Madame, seu criadinho tem muito desdém por minha pessoa.

ELISA

Sem a mínima razão, pode ter certeza.

MARQUÊS

Talvez seja porque estou pagando juros pela minha aparência ruim. *(Ele ri.)* He, he, he, he.

ELISA

A idade o tornará melhor conhecedor das pessoas decentes.

MARQUÊS

Sobre o que falavam quando as interrompi?

URÂNIA

Sobre a comédia "Escola de Mulheres".

MARQUÊS

Acabo de sair do teatro.

CLIMENA

Muito bem, meu senhor, e pode nos fazer o favor de dizer o que achou dela?

MARQUÊS

É algo completamente impertinente.

CLIMENA

Ah! Fico muitíssimo feliz em ouvi-lo!

MARQUÊS

É a coisa mais desagradável do mundo. Mas que diabos! Mal consegui um lugar para sentar. Achei que ia morrer sufocado à porta, e nunca me pisaram tanto nos pés. Por favor, vejam só como meus trajes e laços estão descompostos.

ELISA

É verdade que isso clama por vingança contra a "Escola de Mulheres" e que o senhor tem todo o direito de condená-la.

MARQUÊS

Acredito que nunca houve comédia tão perversa.

URÂNIA

Ah! Eis que chega Dorante, por quem esperávamos.

Cena VI

DORANTE, CLIMENA, URÂNIA, ELISA, MARQUÊS

DORANTE

Por favor, não se incomodem, nem interrompam sua conversa. Estão falando de um tema que há quatro dias tem sido o assunto de quase todas as casas de Paris; e nunca se viu nada tão divertido quanto a diversidade de pareceres emitidos a esse respeito. Pois já ouvi certas pessoas condenarem tal comédia pelos mesmos motivos que outras a valorizavam com ainda mais ênfase.

URÂNIA

Pois eis aqui o senhor Marquês, que a condena com veemência.

MARQUÊS

É verdade. Cruz-credo, acho-a detestável! Detestável, o mais detestável possível, aquilo que realmente merece o nome de detestável!

DORANTE

Quanto a mim, meu caro marquês, acho essa opinião detestável.

MARQUÊS

Mas como assim? O cavaleiro aprova tal peça?

DORANTE

Sim, aprovo-a completamente.

MARQUÊS

Meu Deus! Mas lhe asseguro que a peça é detestável.

DORANTE

A segurança é desconhecida da burguesia.
Mas, marquês, por favor, diga-nos por que razão essa comédia é como o senhor nos assegura?

MARQUÊS

Por que ela é detestável?

DORANTE

Sim.

MARQUÊS

Ela é detestável porque ela é detestável.

DORANTE

Ah, dito isso, não há mais nada a dizer, seu julgamento pode ser dado por encerrado. Mas, ainda assim, instrua-nos, mostre-nos as falhas presentes na peça.

MARQUÊS

E que sei eu? Nem me preocupei em ouvir nada. Mas, enfim, sei muito bem que nunca vi nada tão perverso, maldita seja tal peça! E Dorilas[17], que estava ao meu lado, compartilha de minha opinião.

---

17 Personagem da peça "O Doente Imaginário" (*Le Malade Imaginaire*), do próprio autor. (N. do T.)

DORANTE

Que bela autoridade, vê-se que o senhor está bem respaldado!

MARQUÊS

Basta ver as contínuas gargalhadas vindas da plateia. Não vejo necessidade de mais para provar que a peça não vale nada.

DORANTE

Então, Marquês, o senhor é um dos cavalheiros que pensam que a plateia não é dotada de bom senso e que lamentaria rir da mesma coisa que eles, mesmo que fosse a coisa mais engraçada do mundo? Outro dia, vi um amigo nosso no teatro que se mostrou ridículo a tal ponto. Ouvia toda a sala com a seriedade mais sombria do mundo, e tudo que divertia a todos lhe fazia franzir a testa. A cada gargalhada, ele dava de ombros e olhava para a plateia com um ar de pena; às vezes, fitando-os desgostoso, dizia em voz alta: "Ria, gentinha, ria!".
A dor de nosso amigo nada mais era do que uma segunda comédia. Ele a encenava com galhardia a toda a assembleia, e todos concordavam que não havia melhor ator do que ele. Peço-lhe que aprenda uma coisa, marquês — e repasse aos demais — que o bom senso não tem lugar na comédia; que a diferença entre quem paga quinze centavos de ingresso e quem desembolsa meio luís de ouro não se reflete no bom gosto; que tanto quem assiste à peça sentado como quem o faz em pé pode deixar de compreendê-la; e que, por fim, de modo geral eu preferiria confiar na aprovação da plateia, pois, entre os espectadores que lá estão, há vários capazes de julgar uma peça segundo as regras, deixando que os outros a critiquem da forma

correta, que nada mais é do que se deixar envolver pelas coisas sem preconceitos cegos, nem afetada benevolência, tampouco ridículas fragilidades.

MARQUÊS

Então eis que temos aqui um cavaleiro defensor da plateia! Meu Deus! Fico encantado, e não deixarei de lhes informar que têm aqui um de seus amigos. He, he, he, he, he.

DORANTE

Ria o quanto quiser. Sou a favor do bom senso e não poderia me deixar afetar pelas ebulições cerebrais do nosso Marquês de Mascarille[18]. Fico furioso ao ver essas pessoas que se mostram ridículas, apesar de todas as suas qualidades; essas pessoas que sempre tomam decisões e falam com ousadia a respeito de tudo, mesmo sem saber absolutamente nada; que, em uma comédia, soltam gritos de protesto contra os assentos mais baratos, mas ficam calados diante dos assentos mais caros; que, ao ver uma pintura ou ao ouvir um concerto, criticam o que deveriam elogiar e elogiam o que deveriam criticar, aprendem os termos artísticos que conseguem e nunca deixam de mutilá-los ou usá-los nos lugares errados. Cruz-credo, senhores, calem-se! Quando Deus não lhes dá nenhum conhecimento acerca de algo, não deixem que riam daquilo de que se dispõem a falar; talvez, ficando calados, os outros acreditarão que os senhores são pessoas inteligentes.

---

18 Personagem da peça "As Preciosas Ridículas" (*Les Précieuses Ridicules*), *do próprio autor.* (N. do T.)

MARQUÊS

Meu Deus! Cavalheiro, assim o senhor me agride...

DORANTE

Meu Deus, Marquês, não estou falando do senhor. Mas de uma dúzia de cavalheiros que desonram o povo da corte com seus modos extravagantes e fazem o povo acreditar que somos todos iguais. Quanto a mim, quero me justificar o máximo que puder; e os confrontarei de tal maneira que, por fim, eles se tornarão sábios.

MARQUÊS

Diga-me, cavalheiro, o senhor acha que Lisandro[19] tem alguma inteligência?

DORANTE

Sim, sem dúvida, e muita.

URÂNIA

Isso é algo que não pode ser negado.

MARQUÊS

Pergunte-lhe então o que ele acha de "A Escola de Mulheres" e verá que não gostou dela.

DORANTE

Ah, meu Deus! Há muitos que acabam estragados por muita inteligência, que mal veem as coisas tamanha a genialidade

---

19 Personagem da peça "O Infeliz" (*Les Fâcheux*), *do próprio autor*. (N. do T.)

e que lamentariam muito ter a mesma opinião dos demais, por ter a virtude da escolha.

URÂNIA

É verdade. Sem dúvida, nosso amigo é uma dessas pessoas. Ele quer ser o primeiro a dar sua opinião e espera que as pessoas aguardem seu julgamento, por puro respeito. Qualquer aprovação que venha antes da sua é um ataque à sua genialidade, e então ele se vinga, tomando para si a opinião oposta. Gosta de ser consultado em todos os assuntos do intelecto; e estou certo de que se o autor lhe tivesse mostrado sua comédia antes de encená-la, ele a teria achado a mais bela do mundo.

MARQUÊS

E o que têm a dizer da Marquesa Araminte[20], que proclama aos quatro cantos que é uma comédia terrível, dizendo que jamais poderia suportar a imundície que nela abunda?

DORANTE

Direi que é algo digno da personagem que ela assumiu para si; e que há pessoas que fazem um papel ridículo ao querer aparentar ter muita honra. Embora seja inteligente, ela seguiu o mau exemplo daqueles que, vendo a idade se aproximar, pretendem substituir o que estão perdendo por algo distinto, achando que as caretas de um pudor cheio de escrúpulos tomarão o lugar da

---

20 Referência a Madeleine Béjart (1618-1672), atriz francesa do grupo de teatro de Molière. (N. do T.)

beleza e da juventude. Essa dama leva tal missão muito além dos outros, e seus escrúpulos são tamanhos que acabam por ver sujeira onde ninguém mais viu. Alguns afirmam que esses mesmos escrúpulos chegam até mesmo a desfigurar nossa língua e que há pouquíssimas palavras cuja severidade essa senhora não tenha ganas de decepar ou mutilar por causa das sílabas perversas que lá encontra.

URÂNIA

O senhor é bastante desequilibrado, cavalheiro.

MARQUÊS

Pois então, cavalheiro, o senhor acredita defender sua comédia ao satirizar aqueles que a condenam.

DORANTE

De maneira nenhuma, apenas afirmo que essa senhora se escandaliza injustamente...

ELISA

Muito bem, senhor cavalheiro, pois poderia haver outras como ela que se sentiriam da mesma forma.

DORANTE

Sei bem que, pelo menos, a senhora não está entre elas; e que, quando viu tal encenação...

ELISA

É verdade, mas mudei de ideia.
Apontando para Climena.

Esta senhora soube sustentar sua opinião com argumentos tão convincentes que me arrastou para seu lado.

DORANTE, *para Climena*

Ah! Madame, peço-lhe perdão; e, se desejar, retirarei tudo o que disse, por respeito à senhora.

CLIMENA

Não quero que o faça por respeito a mim, e sim por respeito à razão — pois essa peça, se compreendê-la bem, é totalmente indefensável; e eu não consigo conceber...

URÂNIA

Ah! Eis o autor, o senhor Lísidas. Ele vem nos visitar justamente a esse respeito. Senhor Lísidas, pegue uma cadeira e se sente aqui.

Cena VII

LÍSIDAS, CLIMENA, URÂNIA, ELISA, DORANTE, MARQUÊS

LÍSIDAS

Madame, cheguei um pouco tarde, mas tive que ler minha peça na casa da senhora marquesa, de quem lhe falei, e os elogios que ela fez me detiveram por uma hora a mais do que esperava.

ELISA

Não há nada melhor do que elogios para deter um autor.

URÂNIA

Sente-se, senhor Lísidas. Vamos ler sua peça depois do jantar.

LÍSIDAS

Todos os que estão aqui devem comparecer à minha primeira apresentação, e também devem prometer cumprir seu dever adequadamente.

URÂNIA

Assim também acredito eu. Mas, novamente, sente-se, por favor. Estamos no meio de uma conversa, e ficaria muito feliz se continuássemos com ela.

LÍSIDAS

Acredito também, madame, que a senhora deva reservar um camarote para esse dia.

URÂNIA

Veremos. Mas, por favor, continuemos com nossa conversa.

LÍSIDAS

Devo lhe prevenir, madame, que quase todos os camarotes já estão reservados.

URÂNIA

Que bom. Enfim, o senhor chegou na hora certa, já que todos estavam contra mim.

ELISA, *para Urânia, apontando para Dorante*

No início, ele estava do seu lado, mas agora *(apontando para Climena)* que ele sabe que a senhora tem uma opinião contrária, acho que deve procurar outra ajuda.

CLIMENA

Não, não, não gostaria que ele se colocasse contra sua prima, e permito que sua mente acompanhe seu coração.

DORANTE

Com tal permissão, madame, terei a ousadia de me defender.

URÂNIA

Mas, antes, vamos saber a opinião do senhor Lísidas.

LÍSIDAS

A respeito de quê, madame?

URÂNIA

Da comédia "Escola de Mulheres".

LÍSIDAS

Ah! Ah!

DORANTE

O que pensa o senhor a respeito?

LÍSIDAS

Não tenho nada a dizer acerca desse assunto; os senhores sabem que entre nós, autores, devemos falar das obras uns dos outros com grande precaução.

DORANTE

Ainda assim, cá entre nós, o que acha dessa comédia?

LÍSIDAS

Eu, senhor?

URÂNIA

Dê-nos a sua opinião, com sinceridade.

LÍSIDAS

Acho-a muito bonita.

DORANTE

Tem certeza?

LÍSIDAS

Toda a certeza. Por que não teria?
Não se trata realmente da peça mais linda do mundo?

DORANTE

Ai, ai, o senhor é um demônio malvado, senhor Lísidas.
Não está dizendo o que pensa realmente.

LÍSIDAS

Como não?

DORANTE

Meu Deus, eu conheço o senhor. Não seja dissimulado.

LÍSIDAS

Eu, senhor?

DORANTE

Vê-se muito bem que o que diz sobre a peça é
pura lealdade, e que, no fundo do seu coração,

o senhor concorda com muitas pessoas que a consideram ruim.

LÍSIDAS
He, he, he.

DORANTE
Francamente, admita que essa comédia é perversa.

LÍSIDAS
É verdade que não é aprovada pelos entendidos.

MARQUÊS
Muito bem, cavalheiro, o senhor insistiu e acabou traído por sua zombaria. Ha, ha, ha, ha, ha!

DORANTE
Provoque, meu caro marquês, provoque.

MARQUÊS
O senhor vê que temos os entendidos do nosso lado.

DORANTE
É verdade. A opinião do senhor Lísidas é algo considerável. Mas o senhor Lísidas não pretende que eu me renda só por isso e, como tenho a audácia de me defender
(apontando para Climena), apesar dos sentimentos da senhora, ele não se sentirá incomodado caso refute os seus.

ELISA
O quê? O senhor vê a senhora, o senhor Marquês e o senhor Lísidas contra si e ainda se atreve a resistir? Urgh! Que mau gosto!

CLIMENA

O que me deixa confusa é perceber que pessoas razoáveis possam insistir em defender as tolices dessa peça.

MARQUÊS

Maldita seja!
Madame, essa peça é desprezível do começo ao fim.

DORANTE

Resumiu bem, marquês. Nada é mais natural do que defini-la assim. E não vejo nada que possa refutar a autoridade de suas opiniões.

MARQUÊS

Cruz-credo! Todos os outros atores que estavam no teatro para vê-la disseram as piores coisas do mundo.

DORANTE

Ah! Não tenho mais nada a dizer; o senhor está certo, marquês. Já que os outros atores dizem coisas ruins a respeito, devemos simplesmente acreditar neles.
São todos geniais e falam sem nenhum interesse.
Não há mais nada a dizer, eu me rendo.

CLIMENA

Renda-se ou não, sei muito bem que o senhor não vai me persuadir a tolerar a falta de vergonha dessa peça, assim como as sátiras depreciativas contra as mulheres que há nela.

URÂNIA

Quanto a mim, terei o cuidado de não me ofender, nem de levar em conta o que é dito nela. Esse tipo de sátira recai diretamente sobre a moral e só é capaz de atingir as pessoas pela reflexão. Não vamos teimar na censura generalizada; se for possível, aproveitemos a lição sem fingir que falam conosco. Todas as cenas ridículas que são exibidas no teatro devem ser vistas sem a mínima comoção. Trata-se de espelhos públicos, em que ninguém deve admitir o próprio reflexo; e se nos mostramos escandalizados, acabamos por admitir nossos defeitos.

CLIMENA

Eu não falo dessas coisas por achar que tenho parte nelas, e acredito viver de certa forma a não me ver refletida nas cenas onde há mulheres que não conseguem se dominar.

ELISA

Certamente, madame, ninguém a encontrará nessa peça. Sua conduta é bastante conhecida, e esse é o tipo de coisa que ninguém discute.

URÂNIA, *para Climena*

Além disso, madame, eu não disse nada que fizesse referência à senhora; e minhas palavras, como as sátiras da comédia, fazem alusão às pessoas em geral.

CLIMENA

Não duvido, senhora. Mas, finalmente, vamos encerrar esse assunto. Não sei como as senhoras aceitam os insultos que são dirigidos ao nosso sexo em certa parte da peça e, de minha parte, confesso-lhes que fico terrivelmente enfurecida ao ver que esse autor impertinente nos chama de animais.

URÂNIA

A senhora não percebeu que foi em uma situação ridícula que isso aconteceu?

DORANTE

Além disso, madame, a senhora não sabe que as injúrias dos amantes nunca ofendem, tanto nos amores selvagens como nos amores dóceis; e que, em tais ocasiões, mesmo as palavras mais estranhas — e até mesmo coisas piores — são muitas vezes sinais de afeição pelas pessoas a que se dirigem?

ELISA

Digam o que quiserem, não consigo digerir nada disso, assim como a sopa e a torta de creme de que a senhora falou há pouco.

MARQUÊS

Ah, francamente! Sim, a tal torta de creme! É justamente isso que havia notado anteriormente! Torta de creme!
Como lhe sou grato, madame, por ter me lembrado da torta de creme! Há maçãs suficientes na Normandia para tantas tortas de creme? Torta de creme, cruz-credo! Torta de creme!

DORANTE

Pois bem, o que o senhor quer dizer? Torta de creme!

MARQUÊS

Meu Deus! Torta de creme, cavalheiro!

DORANTE

De novo?

MARQUÊS

Torta de creme!

DORANTE

Conte-nos um pouco a respeito de suas razões para tal coisa.

MARQUÊS

Torta de creme!

URÂNIA

Mas me parece que seja preciso explicar em que está pensando.

MARQUÊS

Torta de creme, madame!

URÂNIA

O que tem a dizer a respeito da tal torta de creme?

MARQUÊS

Eu? Nada. Torta de creme!

URÂNIA

Ah! Para mim, chega.

ELISA

O senhor Marquês faz bem, e a irritou do melhor modo possível. Mas eu gostaria que o senhor Lísidas arrematasse o assunto, dando-lhe alguns golpes à sua maneira típica.

LÍSIDAS

Não é meu costume culpar ninguém, e sou bastante indulgente com as obras dos outros. Mas, enfim, sem querer arruinar a amizade que o senhor cavalheiro nutre pelo autor, o senhor deve admitir que esse tipo de peça não é propriamente uma comédia, e que há uma grande diferença entre todas essas futilidades e a beleza de uma peça séria. No entanto, hoje todos devemos admitir: só se vai ao teatro para esse tipo de encenação, e vê-se uma solidão terrível na apresentação de grandes obras, ao passo que qualquer tolice abarca toda a Paris. Confesso que, às vezes, meu coração sangra com tal coisa, e isso tudo representa uma vergonha para a França.

CLIMENA

É verdade que hoje o gosto das pessoas está absolutamente corrompido e que nosso século avacalha-se de maneira feroz.

ELISA

Mas que termo mais bonito: avacalha-se!
Foi a senhora que o inventou, madame?

CLIMENA

Sim!

ELISA

Já imaginava.

DORANTE

Então o senhor acredita, senhor Lísidas, que toda a graça e a beleza se encontram nos poemas sérios e que as peças cômicas são bobagens que não merecem nenhum louvor?

URÂNIA

Não é como me sinto. A tragédia, sem dúvida, tem muita beleza quando é encenada; mas a comédia tem seus encantos, e acredito que uma não é menos difícil de escrever do que a outra.

DORANTE

Certamente, madame. E, quanto à dificuldade, não estaria enganada se creditasse um pouquinho mais à comédia. Pois, no fim das contas, acredito ser muito mais fácil se distinguir com grandes sentimentos, enfrentar a sorte, acusar o destino e insultar os deuses do que adentrar o ridículo que há nos homens e apresentar no palco, de forma agradável, os defeitos de todos. Quando se pinta heróis, pode-se fazer o que quiser. São retratos prazerosos, em que não se busca semelhança com ninguém; e basta seguir os caminhos de uma imaginação que voa longe e que, na maior parte das vezes, abandona a realidade para capturar maravilhas. Mas quando se pinta homens, deve-se pintá-los como naturalmente são. Todos querem que esses retratos sejam parecidos; e não se faz um grande trabalho se as pessoas de nosso século não puderem se reconhecer. Em poucas palavras, nas peças sérias — para não sermos censurados —

basta dizer coisas de bom senso que estejam bem escritas; o que não é suficiente nas outras peças, é preciso saber brincar; e é uma tarefa muito insólita fazer pessoas honestas rirem.

CLIMENA

Acredito ser uma das pessoas honestas e, no entanto, não encontrei nenhuma palavra de que rir em tudo o que vi.

MARQUÊS

Francamente, nem eu.

DORANTE

Quanto ao senhor, marquês, não me surpreendo. O senhor simplesmente não encontrou piadinhas de mau gosto na peça.

LÍSIDAS

Honestamente, senhor, o que se encontra ali não é muito melhor; na minha opinião, todas as piadas são bastante frias.

DORANTE

A corte não é da mesma opinião.

LÍSIDAS

Ah, meu senhor, a corte!

DORANTE

Conclua seu pensamento, senhor Lísidas. Penso que o senhor vá dizer que a corte não está familiarizada com esse tipo de coisa; e o esconderijo usual dos senhores autores, quando uma de suas obras não faz sucesso, é acusar a injustiça do século e a falta de genialidade dos membros da corte. Saiba, senhor Lísidas, que os membros da corte têm olhos tão bons quanto o de toda a gente; que podemos ser talentosos vestindo rendas de Veneza e plumas ou uma peruca curta e largas gravatas; que a grande prova de suas comédias é justamente a crítica da corte; que é o gosto de seus membros que deve ser estudado para encontrar a chave do sucesso no teatro; que não há lugar onde as opiniões sejam mais justas; e, se não levarmos em conta todos os eruditos que ali se encontram, símbolo do bom senso natural e dos negócios de todas as pessoas da sociedade, pode-se atingir uma sagacidade incomparável, que julga tudo da maneira mais refinada, totalmente superior ao conhecimento enferrujado dos pedantes.

URÂNIA

É verdade que, por menos tempo que se passe na corte, todos os dias desfilam diante de nossos olhos coisas suficientes para conhecê-los, especialmente no que diz respeito a piadas boas e ruins.

DORANTE

A corte tem certas coisas ridículas, concordo; e sou, como podem ver, o primeiro a criticá-las. Mas, francamente, há um grande número de pessoas em seu meio que se encontram entre as mais refinadas em suas funções; e, à exceção de alguns marqueses, acho que há bastante material de representação para os autores e que seria bastante agradável colocar no palco algo além de suas caretas eruditas e seus exageros ridículos, seu vicioso hábito de trucidar suas obras, seu gosto pelos elogios, seus pensamentos contraditórios, seu tráfico de influências, e suas ligas, tanto defensivas como ofensivas, além de suas guerras de gênios e seus combates de prosa e verso.

LÍSIDAS

Molière está muito feliz por ter um protetor tão caloroso como o senhor. Mas, enfim, para ir direto ao ponto, trata-se de saber se sua peça é boa, e me ofereço a mostrar nela uma centena de defeitos visíveis.

URÂNIA

É realmente muito estranho que os senhores poetas sempre condenem as peças a que todos acorrem e nunca falem bem de nenhuma além daquelas a que ninguém assiste. Mostram um ódio intransponível por certas peças e, por outras, uma ternura inconcebível.

DORANTE

É que ficar do lado dos aflitos demonstra generosidade.

URÂNIA

Mas, por favor, senhor Lísidas, mostre-nos as falhas que não percebi.

LÍSIDAS

Quem possui Aristóteles e Horácio vê logo, madame, que essa comédia viola todas as regras da arte.

URÂNIA

Confesso que não tenho o hábito destes senhores e que não conheço as regras da arte.

DORANTE

Os senhores se mostram muito elegantes com suas regras, envergonhando os ignorantes e nos atordoando todos os dias! Ao ouvi-los falar, parece-me que essas regras da arte são os maiores mistérios do mundo; no entanto, são apenas algumas observações simples, que o senso comum fez com que fôssemos privados do prazer que pode haver nesse tipo de poema; e esse mesmo bom senso que no passado fez essas observações continua a fazê-las com facilidade todos os dias, sem a ajuda de Horácio e Aristóteles. Gostaria de saber se a grande regra de todas as regras não seria a de agradar e se uma peça de teatro que conseguiu tal feito não teria seguido um bom caminho. Preferimos que todo o público seja ludibriado por esse tipo de regra, em vez de ser capaz de julgar o prazer que sente em cada peça?

URÂNIA

Reparei uma coisa nesses senhores: é que aqueles que mais falam de regras, e que as conhecem melhor do que os outros, fazem comédias que ninguém acha belas.

DORANTE

E é isso que assinala, madame, o quão pouco devemos nos ater a suas disputas intrincadas, pois, no fim, se as peças que estão de acordo com essas regras não agradam a ninguém, e as que agradam não seguem essas regras, estas devem, necessariamente, ter sido mal formuladas. Devemos rir, portanto, dessa artimanha que usam para submeter o gosto do público, consultando — em uma comédia — apenas o efeito que ela tem sobre nós. Devemos nos entregar de boa-fé às coisas que mexem com nossas entranhas, em vez de buscar alguma razão que nos impeça de ter prazer.

URÂNIA

Eu, quando assisto a uma comédia, só presto atenção às coisas que me tocam; e, depois de ter me divertido, não fico me questionando se não estava com a razão ou se as regras de Aristóteles me proibiriam de rir.

DORANTE

É exatamente como um homem que achou determinado molho excelente e que deseja examinar se é bom de acordo com os preceitos do manual do cozinheiro francês.

URÂNIA

É verdade; e estranho as sensibilidades de certas pessoas a respeito de coisas que deveríamos sentir por nós mesmos.

DORANTE

Tem razão em achar todas essas misteriosas sensibilidades estranhas, madame. Pois, no fim das contas, se lhes dermos crédito, nós nos veremos condenados a não acreditar em nós mesmos; nossos próprios sentidos serão escravos em todo tipo de coisa e, mesmo na hora de comer e beber, não ousaremos achar nada de bom sem a permissão dos senhores experts.

LÍSIDAS

Mas, enfim, o senhor argumentava que a "Escola de Mulheres" lhe agradou e que o senhor não se importa nem um pouco com o fato de ela não estar de acordo com as regras fornecidas...

DORANTE

Ora, ora, senhor Lísidas, não vou lhe conceder tal coisa. Afirmo que a grande arte deve agradar e que o fato dessa comédia ter agradado àqueles para quem foi feita já lhe basta, pouco importando o resto. Mas, dito isso, também afirmo que ela não peca contra nenhuma das regras que o senhor menciona. Li essas regras, graças a Deus, tanto quanto qualquer outra pessoa, e poderia demonstrar facilmente que, talvez, não haja no teatro uma peça mais conforme do que essa.

ELISA

Coragem, senhor Lísidas! Estamos perdidos se o senhor recuar.

LÍSIDAS

Mas o quê? Meu senhor, prótase, epítase e peripécia...

DORANTE

Ah, senhor Lísidas, assim o senhor nos derruba com suas grandes palavras! Não pareça tão culto, por favor! Humanize seu discurso e fale para ser compreendido. O senhor acredita que um termo grego dá mais peso às suas opiniões?

E por acaso não acharia igualmente belo dizer a exposição do assunto, em vez de prótase; os obstáculos, no lugar da epítase; e o desenlace, e não peripécia?

LÍSIDAS

Trata-se de termos da arte, o que me permito usar.
Mas como tais palavras ferem seus ouvidos, vou me explicar de outra maneira, e peço que me responda com atenção a três ou quatro coisas que vou dizer. Pode-se tolerar uma peça que peque contra o próprio nome do teatro? Pois, enfim, o termo poema dramático vem de uma palavra grega que significa agir, para mostrar que a natureza desse poema consiste na ação; nessa comédia não há ação, e tudo consiste em histórias contadas por Agnes ou Horácio.

MARQUÊS

Ah, ah, cavalheiro.

CLIMENA

Eis algo que menciona o espírito das coisas, tomando-as pelo fio da meada.

LÍSIDAS

Há algo tão pouco espirituoso ou, melhor dizendo, algo tão vil quanto algumas palavras de riso fácil, como as palavras que as crianças dizem ao pé do ouvido?

CLIMENA

Muito bom.

ELISA
Ah!

LÍSIDAS
A cena do camareiro e da criada dentro da casa não é absurdamente longa e completamente impertinente?

MARQUÊS
É verdade.

CLIMENA
Certamente.

ELISA
Ele tem razão.

LÍSIDAS
Arnolfo não dá seu dinheiro muito facilmente para Horácio? E, já que ele é o personagem ridículo da peça, deveriam lhe atribuir ações de um homem honesto?

MARQUÊS
Muito bom. Ótima observação.

CLIMENA
Admirável.

ELISA
Maravilhoso.

LÍSIDAS

Tanto o sermão como os provérbios não são ridículos, chegando a ofender o respeito que se deve à nossa religião?

MARQUÊS

Disse muito bem.

CLIMENA

Falou muito corretamente.

ELISA

Não poderia ter dito de melhor forma.

LÍSIDAS

E por fim, esse senhor de la Souche, que se pretende um homem inteligente, parecendo tão sério em tantas partes, não se torna cômico e ultrajante em demasia no quinto ato, ao explicar a Agnes a violência do seu amor, com um revirar de olhos extravagante, suspiros ridículos e lágrimas tolas, que levam todos ao riso?

MARQUÊS

Realmente! Que maravilha!

CLIMENA

Um milagre sua fala!

ELISA

Viva o senhor Lísidas!

LÍSIDAS

Deixo de citar milhares de outras coisas, temendo ser um chato.

MARQUÊS

Meu Deus! Está em maus lençóis, senhor cavalheiro!

DORANTE

Veremos.

MARQUÊS

Francamente, o senhor encontrou um oponente à altura.

DORANTE

Talvez.

MARQUÊS

Responda, responda, responda, responda.

DORANTE

Com prazer. Ele...

MARQUÊS

Responda logo, por favor.

DORANTE

Deixem-me fazê-lo, então. Se...

MARQUÊS

Meu Deus! Desafio o senhor a responder.

DORANTE

Sim, se ainda é capaz de falar.

CLIMENA

Por favor, vamos ouvir suas razões.

DORANTE

Para começar, não é verdade dizer que toda peça deve ter uma história. Vemos muita ação acontecendo no palco; e as próprias narrativas não são nada mais do que ações, parte da estrutura do tema; ainda mais por serem contadas inocentemente, essas histórias, ao personagem que concerne, geram uma confusão dos diabos para entreter os espectadores e, a cada nova cena, tomam todas as medidas possíveis para adornar a desgraça que ele tanto teme.

URÂNIA

A meu ver, a beleza do tema de "Escola de Mulheres" consiste nesse mistério perpétuo; e o que me parece bastante divertido é ver um homem inteligente sendo informado de tudo por uma mulher inocente, que é sua amante, e por um tolo, que é seu rival; e, mesmo assim, não é capaz de evitar o que lhe acontece.

MARQUÊS

Bobagem, bobagem!

CLIMENA

Mas que resposta fraca.

ELISA

Que argumentos ruins.

DORANTE

Quanto às "crianças pelo ouvido", é agradável apenas graças à reflexão de Arnolfo; e o autor não colocou tal parte apenas pelo que as palavras tinham a dizer, e sim por algo que caracteriza o personagem e pinta de uma maneira melhor sua extravagância, pois retrata como a coisa mais bela do mundo uma estupidez trivial dita por Agnes, o que lhe proporciona uma alegria inconcebível.

MARQUÊS

Que resposta horrível.

CLIMENA

Essa fala não me satisfaz nem um pouco.

ELISA

Ele não disse nada.

DORANTE

Quanto ao dinheiro que ele dá com facilidade, além da carta do melhor amigo lhe ter sido garantia suficiente, não é contraditório que uma pessoa seja ridícula em determinadas coisas e honesta em outras. E a cena de Alan e Georgete na casa, que alguns acharam longa e fria, por certo tem razão de existir; além disso, assim como Arnolfo se vê preso durante a viagem em virtude da inocência de sua amante, também permanece bastante tempo à sua porta em virtude da inocência dos criados, para que seja punido completamente pelas coisas que acreditava serem a garantia de sua prudência.

MARQUÊS

Que argumentos inúteis.

CLIMENA

Nada mais do que desculpas.

ELISA

É de dar dó.

DORANTE

Quanto ao discurso moral que o senhor chama de sermão, é certo que os verdadeiros devotos que o ouviram não ficaram tão chocados quanto o senhor afirma; e, sem dúvida, as menções a inferno e caldeirões ferventes são suficientemente justificadas pela extravagância de Arnolfo e pela inocência daquela a quem ele se dirige. E quanto ao arrebatamento amoroso do quinto ato, que foi acusado de ser muito ultrajante e cômico demais, gostaria de saber se não serviu apenas para satirizar os amantes, e se até mesmo as pessoas mais honestas e sérias, nessas ocasiões, não fazem coisas parecidas...

MARQUÊS

Francamente, cavalheiro, seria melhor se calar.

DORANTE

Muito bem. Mas, enfim, se olhássemos para nós mesmos quando estamos realmente apaixonados...

MARQUÊS

Simplesmente não quero mais ouvi-lo.

DORANTE

Ouça-me se quiser. Por acaso, na violência da paixão...

MARQUÊS, *cantando*

Lá, lá, lá, lá, lá, lá, lá, lá, lá, lá, lá...

DORANTE

O quê?

MARQUÊS

Lá, lá, lá, lá, lá, lá, lá, lá, lá, lá, lá...

DORANTE

Eu não sei se...

MARQUÊS

Lá, lá, lá, lá, lá, lá, lá, lá, lá, lá, lá...

URÂNIA

Parece-me que...

MARQUÊS

Lá, lá, lá, lá, lá, lá, lá, lá, lá, lá, lá, lá, lá, lá, lá...

URÂNIA

Há algumas coisas muito engraçadas em nossa discussão. Acho que poderíamos escrever uma comédia, e não seria uma peça tão ruim se fosse encenada logo depois de "A Escola de Mulheres".

DORANTE

Tem razão.

MARQUÊS

Meu Deus! O senhor cavalheiro teria um papel que não lhe seria tão favorável.

DORANTE

É verdade, marquês.

CLIMENA

Eu gostaria que isso acontecesse, contanto que tudo fosse relatado como se sucedeu.

ELISA

Eu cederia com prazer meu personagem.

LÍSIDAS

Acho que não rejeitaria o meu.

URÂNIA

Como todo mundo ficaria feliz com a ideia, cavalheiro, faça um apanhado de tudo e ofereça a Molière, já que o conhece, para que escreva uma comédia.

CLIMENA

Sem dúvida ele não teria tanto cuidado, e não escreveria versos em seu louvor.

URÂNIA

Acho difícil, conheço seu humor. Ele não se importa com as críticas às suas peças, contanto que muitas pessoas as assistam.

DORANTE

Sim. Mas que desfecho poderia ele encontrar em nossa peça? Pois não poderia haver nem casamento nem revelação; e não faço ideia de como a discussão possa terminar.

URÂNIA

Seria preciso inventar algum incidente para tanto.

Cena VIII

CLIMENA, URÂNIA, ELISA, DORANTE, MARQUÊS, LÍSIDAS, GALOPIN

GALOPIN

Madame, a mesa está servida.

DORANTE

Ah, esse é precisamente o fim que procurávamos, e nada poderia ser mais natural. Discutiremos em voz alta e com firmeza tanto de um lado quanto do outro — como fizemos — sem que ninguém dê o braço a torcer; um criado aparecerá e dirá que a mesa está servida, nós nos levantaremos e todos irão jantar.

URÂNIA

A comédia não poderia terminar de maneira melhor, e faríamos muito bem em deixar tudo por isso mesmo.

Impressão e Acabamento
Gráfica Oceano